盗墓笔记

盗墓笔记

〔一部五十年前发现的千年古卷〕 〔相当好看的盗墓小说〕

四川文艺出版社

南派三叔 著

大结局·上

8

图书在版编目（CIP）数据

盗墓笔记.8.上/南派三叔著.—成都：四川文艺出版社，2022.4（2025.7 重印）

ISBN 978-7-5411-6190-2

Ⅰ.①盗… Ⅱ.①南… Ⅲ.①长篇小说—中国—当代 Ⅳ.①I247.5

中国版本图书馆 CIP 数据核字 (2021) 第 214937 号

DAO MU BIJI . 8. SHANG

盗墓笔记 . 8. 上

南派三叔　著

出 品 人　冯　静

特约监制　孟　祎　舒　以　王传先　谢梓麒

责任编辑　邓　敏

责任校对　段　敏

出版发行　四川文艺出版社（成都市锦江区三色路 238 号）

网　　址　www.scwys.com

电　　话　010-82068999（市场部）　028-86361781（编辑部）

印　　刷　河北鹏润印刷有限公司

成品尺寸　166mm×235mm　　　开　本　16 开

印　　张　17　　　　　　　　字　数　300 千

版　　次　2022 年 4 月第一版　　印　次　2025 年 7 月第二十二次印刷

书　　号　ISBN 978-7-5411-6190-2

定　　价　49.80 元

盗墓笔记 捌

大結局（上）

盗墓笔记 捌

盗墓笔记 捌

盗墓笔记 捌

大结局（上）

第一章

●

吴邪心中的另一个人

我在小旅馆的厕所里，看着镜子里的脸。

在很长的一段时间里，我没有任何想法，我只是看着镜子里的人。

那个人很熟悉，但他不是我。

这种感觉非常奇妙，混合着一种逃脱感和恐惧感。

我好像借着这张脸逃脱了身为吴邪的命运，却进入了另一个更让人不可控制的人生里。这种不可控制是真实的，包含了无数的可能性。我无法预测，我之后的人生会是什么样子。

最开始的时候，我即使没有面对镜子，也会轻微地发抖。现在我已经好多了。很多事情开始你无法接受，一旦接受了，你会发现也就那么回事。

在就范之前，我从没想过，所谓的面具可以做到这种惟妙惟肖的地步。我即使贴着镜子，也看不出面具和我原来的皮肤相比有什么太大的区别，只是感觉粗糙了一点。以前看闷油瓶使用易容术的时候，我还觉得那是一种高深的旁门左道，现在我真的服了，这种手艺绝对不是一朝一夕可以发展出来的。

我的头发染成了斑白的颜色。三叔的斑白是他历经多少年的痛苦才沉淀下来的痕迹，而我的斑白只需要几小时，就能看上去同他的毫无差别。这么一来，我反而觉得三叔的痛苦是多么的不值得。

那个姑娘说，这张面具可以使用四个星期，不用任何保养，但在这期间，即使我想撕也撕不下来。中国的易容术其实是一种发展得非常成熟的化装术，和现在的塑化化妆非常相像，可因为目的不同，易容术的成本比塑化化妆要高得多，不可能在现实中大量推广——只有真正掌握了技术的人，或是想要达到非常重要目的的人才会使用。

最难的活儿，是做一个现实中存在的人的脸，而不是变成一个陌生人。这就需要戴上面具的人连神态都要和原来的人高度相似。

"我只是给你一张皮，这张面具除了戴在你的脸上，还需要戴在你的心上。"她临走的时候淡淡地看着我，说了这么一句话。

戴在我的心上？

我看着镜子里的"三叔"，摸了摸自己的胸口，想着当年解连环戴上三叔的面具时，是不是也被这样教诲过。但是这么多年来，他真的戴上了。戴在脸上的面具能撕下来，戴在心上的又会如何？

我看了看手表，时间到了。我用水洗了把脸，用毛巾擦干，面具没有融化，看来最后的一步也成功了。我叹了口气。

回到卧室躺在狭窄的单人床上，我开始琢磨今后应该怎么办。今后的一切，包括我说话的样子，现在都还是一片空白，我什么都得想好。

我最先有的一个念头，是脱光了去外面跑一圈。反正不是我自己的脸，我可以做无数以前怕丢面子而不敢做的事情，比如说闯女厕所、头上顶个痰盂之类的。但随即我摆脱了这些念头，我还没那

3

么无聊。

我戴上面具的目的，是让三叔所有的盘口重新整合起来，提供所有还可以提供的资源，用来营救闷油瓶他们。这是我唯一的目的，但首先我的真实身份不可以被识破。

我的声音没法伪装，这需要专门的训练，想来也不可能我自己杀到他们中间，嬉笑怒骂间把他们都搞定。我又不是影帝，以我的这种气场，肯定几分钟之内就会被识破。

这事只可智取，不可强攻，还得得了便宜卖乖。最好的情况是，我不用和他们正面冲突，只需要远远地让他们看一眼，然后使用一个代言人。

我知道我必须得到潘子的帮助，只有他熟悉三叔和三叔下面人的秉性，但是，我真的不想再把潘子拖下水。

他应该走出来，不应该再走回去了。

但除了潘子，还有谁可以帮我呢？我想来想去，想不出任何一个人来。我这才发现，没有了三叔，我在这个圈子里真的一无所有。我拿出手机，一个一个名字地看下来，发现短短几年之间，太多东西物是人非，一切都不一样了。

最后，我还是翻到了潘子的那一栏上。我闭上眼睛，说了声"对不起了"，就拨通了他的电话。

潘子应该还没有回来，否则他一定会打我的电话。外面是傍晚，不知道他今天又遭受了怎样的揶揄，也不知道他看到我会是什么样的表情。不知道为什么，我觉得很好玩，但是同时觉得有一种无法排解的低落。

在电话里我没有跟他说具体的事情，只说我想到一个办法。他的声音还是很沉着，但透着无比的疲惫。我们约了一个地方见面。

我翻身起床，从衣橱里拿出了一套衣服——是那个姑娘给我的，三叔喜欢穿的那种带点古风的外套。我脱掉了我的T恤，换上了那套衣服，心说小花的服务真的很周到，非常合身。

想着，我就给他发了一条短信："谢谢。"但是没有回音。

走出门口的一刹那，我有意挺了挺腰板，提醒自己，出了这道门之后，我就是另一个人了。但是很快我就发现，我不用刻意去做，走在路上我的步伐自己就变了。路过大堂的时候，我照了一下衣冠镜，发现我的眼神里透着一股异常的凛冽。

第二章 · 由内而外的破绽

　　我在湘江边上的咖啡馆里和潘子碰头，潘子看到我的那一刹那一下愣住了。我看他浑身发抖，看着我几乎说不出话来。

　　但是，他立即就意识到了什么，慢慢冷静下来。

　　"小三爷？"他看着我，试探性地叫了一声。

　　"果然还是瞒不住你。"我苦笑。

　　他还是看着我，良久才长出了一口气，坐了下来："你这是要干什么？这东西，你是从哪儿弄来的？"

　　我把我的想法还有小花给我面具的事情对他说了一遍。我告诉他，我觉得这是唯一可行的计划了。

　　他看着我的脸，很久没有说话，好像在思考，又好像在打量面具的逼真程度。过了很久，他捂住了自己的脸，深吸了一口气，然后点头道："你真的决定这么干了？"

　　我点头。

"小三爷，三爷的日子不是人过的。这话有很多种意思。总之，以你的品性，你是绝对扛不过去的。"潘子道，"你知道我们都在和什么人打交道吗？你看到的只是我们最温和的一面，这个行业真正的面目，是超出你想象的。"

我叹了口气。我知道潘子绝对不是在危言耸听，他说这些话也是为了我好。

"我想去救他们。"我说，"我很想去救他们，我不想这件事就这么结束，所以，扛不住我也会扛。"

潘子继续看着我，问道："面具能维持多久？"

"四个星期。"

他点了点头："那时间有点紧，我们必须加快速度了。"

我看他的意思是同意了，松了口气。潘子这一关算是最好过的。我接着问道："你觉得应该怎么办？我们第一步应该做什么，去找王八邱算账吗？"

潘子摇了摇头："你知道刚才我是怎么认出你的吗？"

我摇头，他继续道："你犹豫。在你刚才看到我的时候，你的脸上满是犹豫，这是你特有的表情，在三爷脸上是看不到这种表情的。"他顿了顿，"所以，我们要做的第一步，应该是让你没有一点破绽，否则，你只有一副空皮囊。那些人都是人精，你谁也瞒不过。"

我摸了一下自己的脸，心里想着，我真的犹豫了吗？潘子立马指着我道："就是这副表情，你必须完全改掉你的犹豫。"

我叹了口气，心说这几乎是我的本能，怎么改得了？

潘子看了看四周没有禁烟的标志后就点起烟道："三爷遇到事情，一定是自己先有一个判断，很少会有征询别人意见的表情。看人的时候，他是一种居高临下的姿态，这些你都没有。"

"那怎么办？这种东西太难了。我只露几面，你替我扛着行吗？”我问道。

潘子苦笑着摇头："在几个月之前也许还有可能，现在你也看到了，他们不会听我的。要实行你的计划，你需要实打实地站到我们面前，告诉别人，你就是三爷，你回来了，不听话的人准备死。"

我想了想就觉得不寒而栗，马上摇头："我肯定做不到，这个太难了，就算天天练也不太可能做到那种地步。"

"你刚才不是说要扛吗，小三爷？"潘子看着我，"这只是第一个难关，你还没尝试就说做不到，那之后的所有事情更别提了。这不是拍电影，这是真实的生活，不是那么简单的事情。"

我看着他的眼神，意识到他是想让我知难而退，但我知道自己正站在底线上，是没有退路的。我终于道："好吧，我会做到的。"

潘子继续看着我，盯着我的眼睛，我努力传达出一种不是犹豫的坚定。他终于把烟一拍："走吧，我们找个隐秘的地方继续。我来想想办法，你也要随时记住，你现在就是三爷，这里到处都是三爷的老兄弟，眼睛太多，你逃不掉的。"

我点头，他起身，忽然对我道："三爷，走吧。"

我愣了一下，随即明白过来，心中涌起一股难受的情绪，好不容易才忍住，站了起来。他走在我的前面，帮我把门打开，我忍住道谢的冲动，径直走了出去。

那一刻，我忽然觉得自己开始失去了什么，那失去的东西一定是我平时没有注意到的。就在这一刻，我忽然觉得无比沮丧。

正想着，前面的路边忽然有人分别从几辆车上下来，全部朝我走了过来。我一看就愣住了——竟然是王八邱。

我回头看了看潘子，潘子也是一愣，就见王八邱带着四个人，看着我笑："三爷，什么时候回来的？怎么也不通报一声？兄弟们还以为你出了什么事情呢。"

第三章 ● 王八邱

　　我刚想说话，忽然意识到不对。我一出声就要露馅儿了，现在不能说话，只能想还能怎么办。

　　三叔这个时候应该怎么办？三叔这个时候会怎么办？

　　我脑子里乱成一团，眼看着王八邱到了我的面前，看见我的脸，他立即露出了诧异的神情。

　　我看着他，瞬间想出唯一的不会露馅儿的办法。我迎着他上前，抡起左拳就狠狠地朝他鼻梁上打了过去。

　　他猝不及防，被我一下打翻在地，我的手立即传来剧痛，但还是咬牙忍住，立即上去又是一拳，把刚爬起来的他又打翻在地。他杀猪一样叫起来。我想起上次吃饭时他说的话，也真的火了起来，反正不知道是否瞒得过去，先打过瘾了再说，于是直接冲过去对着他狂踹。

　　那家伙看着挺狠，打架却非常面，连还手的机会都没有。他身后的四个手下终于反应过来，一起冲上来。潘子立即拦在我的面前，对他们道："想死就来，一刀一个，三分钟不把你们干掉我就是孙子。"

潘子的狠是所有人都知道的，一时间四个人都不敢动了。

这时候我打得自己的手都没感觉了，怕等下我自己治手的医疗费比这家伙治伤的钱都多，我也不能太过分了，就又踹了几下，转头便走。

潘子看我走了，"呸"了一口，也跟着我来了。我们走过一个路口，看到那几个手下立即去扶王八邱。我加快步伐走到他们看不见的地方，发现自己的手肿得像馒头一样。

"下次用巴掌。"潘子道，"用拳头打他是给他面子。"

我看了看后面，问道："没露馅儿吧？"

"不一定，他一定是布了眼线，一直跟着我或者你，看到你现在的样子，以为三爷回来了，立即过来看风水。你刚才的反应不错，就是打得不够狠。"

"还不够？"

"要是我下手，咱们就不担心他有没有看出来了。"潘子道，"不过不管他有没有看出来，挨这一顿揍他肯定也迷糊了，暂时不管他，我们快走。"

我们上了出租车，潘子说不能去我原来住的旅馆，也不能去他那里了，到今天晚上全长沙肯定都会知道这个消息，我们得先躲起来。但也不能躲太久，因为三爷从来都不怕那帮鸟人，明天一定有一场硬仗。

如果明天能熬过去，立即回杭州的本铺，可以消停很长一段时间。

我点头，他道："今晚不能睡了，我得告诉你怎么才能混过去。不过，明天也不能像我说的那样硬碰硬，一个晚上你肯定没法学成三爷的样子。明天我找个地方，你在里面，我在外面，让他们只能看到你的脸，你不用说话，但是要训他们。"

"不说话怎么训？"我奇怪道。

潘子神秘地一笑："我等下教你三爷神技的第一招，沉默训人。"

当天晚上，我几乎通宵在练那沉默训人的招数，其实就是隔空摔账本。

潘子说，我三叔生气的时候一般很喜欢骂人，但当他暴怒到极限的时候反而会很沉默。他会把有问题的账本拿出来，让问题账本所在盘口的人在外面等着。如果解释得体，他就放下，如果有问题，他会把账本摔出来，那个人就知道自己完蛋了。

账本一定要摔得准，但也不用太准。但我的问题是，我必须认得所有盘口人的脸。明天除了各个盘口的头头，还会来一些副手，人数加起来可能超过三十个，潘子这边又没有照片，他只能先布置一个图，明天让那些人按照顺序站着，然后排上号，我听到名字就对应上一个号码，把账本往这个号码那边甩过去。

我练了一个晚上，终于略有小成，扔着扔着也有了心得。最后，还需要摔一个烟灰缸，作为总结。这烟灰缸要摔向潘子，作为对他办事不力的惩罚，以便潘子可以借这个去发飙。

我看了一下那个即将被摔的烟灰缸——是清朝后期的珐琅彩盘子，不由得心说，潘子你可得接住，我这一摔就是六千多块呢。

凌晨的时候，我睡了一会儿，潘子在早上五点群发了短信："收鳞，九点，老地方。"

这也是暗话，和"龙脊背"一样。

我们两个起来后穿戴整齐，出门时潘子道："三爷，你就是三爷。"

我看着他，不知道他是在对我说还是对自己说。刚转弯出去，忽然从路口的暗处出来一个人，一刀就砍在了潘子身后。

猝不及防之下，潘子一下翻出去几步远，后背的血洒了一地。那个人立刻回身朝我扑了过来，手里是一柄砍刀，对着我的脖子就

王八邱

11

要砍。

我急忙闪过。潘子已经爬了起来，一把揪住那个人的后领，几下就把刀抢了过来。那个人用力挣脱了，我看到他身后的暗处里走出了六七个人。

他们二话不说，朝着我们就扑了上来。

潘子的后背已经被血染红了，他抓着砍刀，轻声对我道："不要跑，看着我，镇定。"

我的身上全是冷汗，没有说话，就见潘子把刀一横道："才七个人，王八邱舍不得出钱吗？"

"王八邱？"我看着那些人，忽然意识到了是怎么回事。这些人应该是王八邱派来灭口的。那他是怎么找到我们的？他的眼线真的这么厉害？

那些人的表情冷得让人无法理解。我不认识他们，他们眼神里散发出的那种感觉，忽然让我非常害怕。即使在斗里遇到那些奇怪的东西时，我也没有这种恐惧感。我想到以前我还是小三爷时邱叔的样子，他还偷偷塞给过我零花钱。我一下子觉得人可以很势利，但应该有底线。

比鬼神更可怕的，是人心。这就是人心吗？我看着潘子后背的血，那道刀痕让我觉得无比的目眩。

潘子砍翻了三个人后，其他人立即跑了。

他看了我一眼，靠在墙上喘气道："王八邱是商人，做这种事情不专业。要要狠，靠这些人是不行的。"

我苦笑，问他要不要紧，想上去扶他。他摇头，让我别过来："大老板扶着被砍的伙计，那就是没落了。我没事。"说着他指了指另一边，我发现那几个人还没跑远，"他们肯定还有一半的钱没到手，非得弄死我们才行，还想找机会偷袭。"

"那怎么办？"我看着那个方向，"你这样会失血休克的。"

"不会，老子失什么都会休克，就是不会失血休克。"潘子道，他站了起来，我看到他身后的墙上全是血迹，"走，我们就追着他们走。"

走了几步他停了停，我发现他的表情有点痛苦，但是他皱了皱眉头，没有作声。

我们一前一后向那几个伙计走去，潘子横着砍刀，把刀刮在墙壁上，一路刮了过去。这是打架斗殴最下等的恐吓方式，以前这种事情一定不需要他来做，但是现在，只有我们两个人了。

乌合之众就是乌合之众，那几个小鬼就这么被潘子逼得一直退到大路边上。潘子的血把他的裤子都弄湿了。他放下刀，看那几个小鬼还没有逃走，而是直直地看着我们，显然他们是看到潘子的样子，知道他迟早会倒下。

我们站在路边等出租车，但是，举目望去——我暗叫不好，这个地段要打上车比在杭州还难。

我忽然觉得这是世界上最悲惨的事情。我们被别人砍了，然后我们在虚张声势，撑到了大路边，却打不到车，也不知道是不是潘子拿着砍刀的原因。

眼看潘子靠在树上，马上就要体力不支了，我非常焦虑，想到刚才潘子说这是不专业的手段，难道三叔不在了，我们就会被这种不专业的手段逼成这样吗？

那几个人渐渐靠了过来，潘子死死握着砍刀，看了我一眼，显得有些无奈。我忽然很想打电话报警，但那一刹那，我忽然想起了他的话："有些事情你是扛不住的。"

我一直以为他所谓的扛不住是来自各方面的巨大压力，我没有想到，扛不住是这个样子，这么没有美感，这么赤裸，眼看自己的好朋友快不行了，还要假装镇定，既不能选择逃跑，又不能选择其他帮助，只能在他们的游戏规则下死扛。

我的手在口袋里握成了拳头，心里想着，如果潘子不行了，我应该怎么办？接过潘子的刀继续吗？

这时候，我忽然看到对面那几个小子一阵欢呼，接着，从另一边的道路上又冲出来十几个人，所有人都拿着砍刀。

两拨人一对话，立即就看向我们，领头的一挥手，迅速向我们逼过来。我心一凉，竟然还有人！

潘子猛地站了起来，骂了一声道："哟嗬，是南城的小皮匠，王八邱消息挺灵通的啊，知道我和他的过节。三爷，您往后靠靠，别弄脏了衣服。"说着他把刀往树上拍了拍，一个人向他们走了过去。

没走几步，对面的人却停了下来，都看着我身后。我看见他们的表情很尴尬，潘子也觉得奇怪，停下来回头看。

我回头看到，身后路边停了几辆车，车门陆续打开，走出来好多人。霍秀秀走在最前头，穿着一身休闲装蹦蹦跳跳地上来，勾住我的手对我说道："三叔，好久不见，还记得我吗？"

没等我说话，我看到另一边小花穿着西装和他标志性的粉红色衬衫，一边发着短信一边走到我面前，头也不抬地发完后，才看看对面的人说道："送三爷去'老地方'，遇到王八邱，直接打死，算我的。"

第四章 ● 世间有朵解语花

不管是人数还是声势，我们这一边都占绝对优势，对面的人立即瓦解。

小花看着退后四散而跑的人，把手机揣入自己怀里，对身后的人使了个眼色，立即就有一些人追了上去。

我看见四周好多行人远远地看着我们这边，觉得这样目标太大了，就对小花道："算了。"

潘子走了回来，道："花儿爷做得对，这些人一定要让他们付出惨重的代价，这样其他人再想找人来暗算我们，对方接生意的时候想到前人的下场，就得好好考虑考虑了。"说着他看向小花："花儿爷，我又欠你一个人情。"

"扛得住吗？"小花问他。

潘子点头。小花指了指后面："上车。"说完他看向我就笑："三爷，走一个。"

我心中暗骂，你特地设计，就是来看我出这个洋相的吗？我一边正了正形，跟着他们上了车。

小花开车，我坐在前座，秀秀和潘子坐在后座。秀秀开始给潘子处理伤口，一时间满车的血腥味儿。潘子道："对不住了，又把你们的车弄脏了。"

"又不是第一次了，你跟着三爷，这种场面还少吗？"秀秀不以为意道。

我问："这是怎么回事？你们怎么来帮我了？"

小花没回答，而是看了看我："活儿不错，那丫头果然值那个钱。"

我知道他指的是那个给我戴面具的人，便下意识地摸了一下脸，说道："你不是说，这张脸是你唯一能帮我的吗？怎么现在又来了长沙？"

"我不是为了你来的。"小花道，"我是为了三爷来的。现在不是我帮你，是你在帮我。"

我心中奇怪，潘子在边上道："花儿爷是我叫来的。"

我回头看潘子，潘子便说道，昨天他给所有和三叔有业务来往、关系还不错的人，或者是以前的朋友，都发了消息，说是三叔这里出了一个"大海货"，也就是无法估价的非常珍贵的东西，让所有人都过来看货。

这是一种声势。我们现在只有两个人，就算租辆豪车，看上去也非常寒酸。以前三叔就算一个人，因为气势在，走在道上所有人都觉得他是带着风来的。但是三叔出事之后，各种混乱下，这股气已经散掉了。他下面那些小盘口的伙计，杀来杀去，杀气被提了起来，他们会有一种错觉，觉得自己的气已经能压过三叔了。现在，我们需要在声势上把他们重新压下去，要让他们在看到三叔的那一刹那，发现自己的杀气只是一种错觉。人只要第一口气被压住，后面再横也横不起来。

"我在北京一团乱麻，要没有那条短信，我就得被困在北京。"小花道，"看了短信，我就知道你真的做了选择，我也有了借口可以过来。"

我看着他车后跟着的车，问他那里到底出了什么事情，为什么不能直接从后面这些人里挑人出来"夹喇嘛"。他不是还挺拉风的吗？

小花看了看后视镜道："霍家老太的事情我还瞒着，没敢说出去。但是霍家已经开始乱了，她的几个儿子非常难弄，霍家很多出国的亲戚现在都已经回到了国内，准备开始夺产，现在他们就等着让我给个交代，告诉他们霍家老太去哪儿了。"

霍家老太和小花一起出去夹喇嘛，现在霍家老太一行人都没回来，他回来了。我立即明白了小花所谓的困境。霍家老太有几个儿子，他们之间肯定会有家产问题，一方面要一致对外，另一方面又要比谁对霍家老太更重视，他们质问小花的严厉度就是表明自己孝顺的指标。解家和霍家的关系本来就很微妙，现在这么一来，一定会演变到剑拔弩张的地步。

"我要是离开北京，我们两家可能会打起来，给第三方机会。北京的圈子太乱了，琉璃孙被你们一闹，也盯着我们讨说法。新月饭店的人更是麻烦。"小花道，"你们的屁股一直没擦干净，霍家一内乱，前债后债必须一起还。"

"那你现在过来……"我担心道，"岂不是也会出事？"

"不要紧，"小花道，"霍家的人也来了。这种大事，谁都不会错过，三爷的信用一直很好。"

霍秀秀就在后边道："嘿嘿，不然我怎么会在这儿。"

小花继续道："我也没法借人给你，所有的人都被盯着，我一动，一夹喇嘛，立刻就会出事。这件事上，我比你还被动。"

我回头看了一眼潘子，他的背上全是云南白药，血好像是止住了，但他面色苍白，显然是失血过多。见我看他，潘子道："没事。"

我叹了口气，也就是潘子这个时候还能扛。

小花的车绕过一个路口，我发现到了一条大马路边的茶馆外。

这个茶馆很不起眼，但茶馆外面非常热闹，聚集了好多人。

小花看了一眼潘子："人还不少，看来都做了准备。"

潘子揉了揉脸，说道："三爷，准备了，咱们得让他们屁滚尿流。"

我看着那些人，深吸了一口气，点头。小花靠边停车看着前后，等其他车里的人都下了车，便对我道："走！"

我们四个人同时下车，小花手插在口袋里，和潘子走在我前面，秀秀贴上来挽住我的手，茶馆外的人群马上乱了，无数的声音骚动起来。

"三爷来了！""真的是三爷！"无数人叫了起来。

我们面无表情地往茶馆里走，所有的人都自动分成两排。我看见他们惊恐畏惧的脸，忽然有了一种快感，腰板不由得挺了起来，嘴角也不由自主地挂出冷笑。

第
五
章

●

吴
三
省
归
位

这家茶馆，我进门的时候觉得很陌生，走进去上了楼，我发现记忆里依稀还有点印象，之前似乎来过几次，而且也是和三叔这些盘口的伙计来的。不过当时我年纪很小，只记得房间里经常是满屋子的烟味，大人在房间里打麻将大笑，而我被老爸带着，叫几个人拿了压岁钱就走。

我打死也想不到，同样的地方，同样的人，我会以这样的面目再次经历。

茶馆的二楼是一条走廊，两边都是包间，但是和之前大闹过的新月饭店不同，里面的装潢差多了，很多都是用竹子做的隔墙，刷了很多遍漆，呈现出一种油竹的颜色，枯黄泛白。帷帐靠近了能闻到一股香烟的味道，也不知多少年没有换过了，陈年的烟味已清洗不掉。

潘子走在前头，引我们到了走廊尽头的包间，撩起帷帐，我们一行人便走了进去。包间内空间很大，但里面只有一张红木桌子，方方正正地摆在屋子中间，两边摆着六把放着盘龙丝绸靠垫的椅子，后面就是窗户，能看到楼下的景象。我瞥了一眼，等下要是被戳穿了，我就从这里跳下去逃跑。

但再往下细看，我的心就凉了。下面熙熙攘攘全是人，都是各盘口一起跟来的。路两边停满了车，什么类型的都有，不知道的还以为这里在卖春运的火车票，跳下去估计是怎么都跑不开的。

红木桌子上摆着一套茶具，小花上去撤掉了五张椅子，只让我落座，椅子都被拉到靠墙，潘子一下就坐了下去，开始抽烟。我看到他的手在发抖，心里便直发紧，不知道他还扛不扛得住。我不敢发问，只能摸着桌子的面儿，装作有些怀念和若有所思的样子。

一边的秀秀开始泡工夫茶给我，她的方法很特别，解开了自己的团子发髻，把发簪先用茶水洗涤干净，然后用发簪搅拌茶叶。

我看着她的动作，一边祈祷她今天早上洗了头，一边就发现她发簪的材质很奇怪，像是一种淡色的翡翠，又像是一种骨头，上面雕着极其细致的花纹，一定是有来头的东西。

泡好的茶水我闻着感觉应该是碧螺春，同时有一种我很熟悉却想不起来的香味混在里面。我喝了一口，味道非常不错，有一种凝神的感觉。

我被刚才茶馆门口的场面吓蒙了，刚才所经历的一切，让我处在一种浑浑噩噩的状态中。虽然心跳不快，人也不是很紧张，但我所有的感觉都是迟钝的、麻木的，一直到这口茶喝下去，所有飘忽的感觉才全都收了回来。我的思路开始清晰，心情又开始紧张了。

我们进来的同时，外面也跟进来一大批人，现在都不在帷帐外面，显然是到其他包厢去了。我听不到一丝交谈的声音，所有人似乎都在等待着什么。

也许是发现我的表情不对，小花摆了摆手让我别急，自己则和几个手下低声说着些什么，到了关键的地方，基本上只是打手势，连嘴巴都不用动。

我只好耐心地等着，深呼吸稳住自己的心神。秀秀按住了我的手表示安慰，我心里却更加焦虑。如果秀秀都能看出我心神不宁，那其他人肯定也能看出来，可我就是控制不住自己的焦虑。

好不容易小花和手下讲完了事情，他才开始理会我。他把帷帐放下，到我身后拉上窗帘，整个房间暗了下来。他俯下身子，在我耳边说道："王八邱没来，看来知道事情有变，采取了以退为进的办法。不过外面肯定有他的眼线，情况不对他肯定会带人出现。外面的人看王八邱敢不来，也是蠢蠢欲动，情况对我们不利，我看要准备下狠手了。"

"那……"我刚想问他，他立即做了一个别说话的手势，拿出他的手机给我看。

我看到他的手机屏幕上有一条还未发出的短信，他用这个作为写字板，上面写的字是："隔壁至少有三个耳力极好的人，轻声也没用。刚才的话前半部分是真的，后面是说给他们听的。你只管演你的，其他的我们来搞定。"

我点头，他立即把屏幕上的字删掉，手指的速度极快，接着就给潘子使了个眼色。

潘子脸色苍白，但还是点头，就听他喊了一嗓子："各位爷，三爷请，交东西了。"

声音一落，边上所有的包厢里都响起了拉动椅子的声音，一片混乱。片刻之后，就看到帷帐一撩起，各路牛鬼蛇神一个接一个地走了进来，很快这包间里就站满了人。

之前的混乱中，我只是依稀对他们有一个印象。我心中一直有个错误的预判，就是老大应该是其中长得最凶恶的那些。如今仔细观瞧，进来的人高矮胖瘦、各个年龄段的都有，但是都长得非常普通，很不起眼。

有些年长的人确实我还面熟，也有些人很年轻。总体来说，这些人即便想特意记住都相当困难。我想起三叔和我说过，在地里办事情的人，长得再怎么歪瓜裂枣，看一眼一辈子忘不了都没关系，但是在人堆里混的出货伙计，最好是哪儿都能看见的那种人。从死人手里拿东西方便，从活人手里拿钱最难。

小花的手下把潘子身边的四把椅子搬过来，这是给四个大盘口的头儿坐的。三叔的体系非常分明，这里有必要介绍一下。

在长沙存在着一个有年头的盗墓销赃体系，这个体系是在民国末年确定的。为什么这么说呢？再往前追溯，肯定有同样的体系存在，但是历史动荡，各种体系在动乱中都被摧毁，我们不知道是什么样子，如今的体系，是从民国时候传承下来的。

古董买卖分为国内的收藏和国外的走私。俗话说"盛世古董"，只有在太平盛世，才会有人专心收藏古董，但是这句老话是片面的，只在封闭的世界里才有效。

康乾的最初时期是一个大盛世，但是大清朝闭关锁国。顺治十二年（1655年）海禁到康熙二十三年（1684年）才被开放，康熙五十六年（1717年）又禁了，之后开开禁禁好像快板儿一样，虽然整体时间不算长，但是对海运的控制非常严格。那一段时间，"盛世古董"有所体现，但因为海禁、重刑的压迫，盗墓活动并没有到猖獗的地步。

唯独在民国之后的一段时间，一来是国外有大量的需求，二来是国内关口开放，政府自顾不暇，于是近代历史上的盗墓高峰期就出现了。

市场很大，又没人管，事情就都做大了。

当时形成的第一个体系就是走私体系。走私的源头是盗墓贼，之后是"客人"，这些"客人"都是古董行家，从盗墓贼手里购买明器，带到北平和上海两大城市消化，特别是北平。可是在那个年代，大部分好货还是都流到了国外。

后来中华人民共和国成立，海关检查越来越严格，海外走私逐渐收敛，但是体系已经形成。我爷爷这一批人正是成长于那个年代，他们成功地活到了改革开放，所以体系延续了下来。从"文革"结束，在中国南方边境和海面上开始出现走私活动之后，这些年囤积下来、隐藏起来的大量明器便开始寻找出口，三叔就是利用老一辈的体系开始重操旧业并发扬光大的那一批人中的一员。

当然，现在国内的富豪和收藏家已经是国外走私商的劲敌，这也是各地地方性古董交易市场空前繁盛的原因。

这样也就能理解三叔在长沙、杭州，以及霍家和小花在北京的产业关系，还有吴家和解家联姻的各种潜在目的。

从大体结构上来看，三叔在长沙的所有盘口主要负责两个业务：一个是下地拿货，另一个是分销。

下地拿货的盘口，我们一般叫作"喇嘛盘"，分销的盘口被叫作"马盘"。

这个体系的运作方式是这样的：

三叔这样的人，被称为"铁筷子"，是产业链的剥削者，他们垄断着最好的资源，包括古墓的信息、探墓的知识、明器的鉴定。

这些铁筷子把自己掌握的古墓位置和朝代信息交给下面的喇嘛盘，接着，铁筷子会出一个"筷子头"，带着信息，领着喇嘛盘里夹来的喇嘛们，一起下地取货，这就是俗称的夹喇嘛。潘子就是三叔手下很有名的筷子头。

同时，喇嘛盘会有熟悉的"马盘"，早就等候在一边，在东西刚出锅，还没"凉"下来时，马盘就联系好了买家、设计出运输路线，之后就在当地直接交易。东西一凉，马盘直接拿走，整个盗墓活动也就结束了。

这种体系销赃速度极快，只要不被抓现行，死的只会是马盘，铁筷子和喇嘛盘不会受到任何牵连。盗墓活动屡禁不止就是因为这个。而对于铁筷子和喇嘛盘来说，马盘这种角色，要多少有多少，死几个就死几个。

　　三叔的分销马盘数量众多，来到这个房间的，只是大头中的大头。最让三叔忌惮的，是四个下地的喇嘛盘的头头，而如今坐在椅子上的，就是那四个人。

第六章 ● 长沙倒斗四大巨头

这四个人手里掌握着这条产业链的源头——明器。因为盗墓的特殊性，一件宝器是不可复制的，价值高度集中，下面所有的分销都得拍着马屁才能拿到成色好的货物。也许这四个盘口不是最有钱的，但是没了他们，这个行业就不存在了。

除此之外，这四个盘口的人都是亡命之徒，个个和潘子一样凶悍不讲理，敢跟他们玩欠账赖皮什么的，可能你第二天就不见了，到八百年后，你的尸骨不知道从哪个古墓里被挖出来，那时已经烂成渣了。有钱的怕不要命的，所有人都很忌惮他们。

这批人平时和三叔处于一种很暧昧的状态，一方面指望着三叔夹喇嘛，提供古墓的信息；另一方面，也处处想占三叔的便宜。因为三叔拿的是大头，下地的收成往往八成都得交给三叔。三叔忽然不在了，他们其实是又爱又怕，爱的是以后下地，大头都能自己分了；怕的是三叔不在了，要从哪儿去找古墓的信息。所以，三叔出事的消息一放出来,他们肯定已经和其他铁筷子暗中联系了。陈皮阿四当时就利用这个捞了不少好处,可惜他最后也出事了。其他铁筷子比起陈皮阿四和三叔又差了很多,否则,这四个人早就不会坐在这里。

这是最大的一票势力,潘子和小花倒是说不用怕他们,因为这四个人没的选择,只能静观其变。唯一怕的就是他们趁乱提出重新定分赃比例,但也无非是钱的问题。

比较麻烦的反而是那些分销的,也就是站着的那些人,王八邱就是其中最有钱的几个之一。这些人一直被压在供货链下面,虽然有钱,但是到处受气,很想改变现状。而且,他们不知道倒斗到底是一项什么样的工作,以为只要有钱就能组织起队伍,能跳过三叔直接拿钱。所以三叔一走,很多人开始招兵买马。虽然东西肯定不如三叔在的时候好,但好歹是自己的产业,亏损点也是自己的,他们想慢慢养着。

前段时间三叔不在,马盘已经不怎么往上交钱了,如今三叔回来,眼看着前些时候弄进腰包的钱要吐出来,最不愿意的就是他们。

四个下地的盘口依照次序坐下,长相气度我这里不表,因为之后的事情和他们关系不大。小花在搬椅子的时候,安排好了顺序,我只是记住了他们的名字和序号的对应关系。之后七个分销的盘口也被小花拉扯着站好。

我瞄了一眼这些人,心中就开始默背之前潘子告诉我的顺序,把这些人和潘子跟我说的名字一一对应起来。除去四个坐着的,有几个人潘子让我特别留意。最左边的是个大个子,他穿着黄色的T恤、西裤和套鞋,看着神似菜市场杀鱼的小贩;最右边是个中年妇女,有点胖,穿得倒是非常体面,看得出年轻时应该颇有一些姿色;还有一个少妇模样的姑娘,看气质应该三十多了,但是保养得非常好,身材、皮肤俱佳,扎着马尾,显得很干练。

这三个人,鱼贩子是王八邱的死党,两个人一起打拼出来的,之后一起被三叔收了，绝对是同进同退，这个人一定就是王八邱在这里的内应。对于这个人，潘子说耍什么手段都没有用，直接放弃就可以了。

那个中年妇女则是王八邱的姘头，当然潘子也不知道他们是否有真感情，只知道这个胖女人异常泼辣，除了三叔这种软硬不吃的家伙，长沙这一行里基本上没有人能吃得住她。王八邱和她在一起，应该有一定的利益联姻方面的考虑，因为王八邱管的盘口和这个中年妇女的盘口是几乎相邻的两个村子，王八邱经营能力很强，而这个中年妇女擅长搞关系，两个人在一起，能够互相出力，这也可能是王八邱敢率先反三叔的原因之一。这几年两个人在一起，可能暗中也赚了不少。

对于这个中年妇女，潘子的意思是小心为上，静观其变。这行里的女人绝对比男人精明，只要不是爱王八邱爱得死心塌地，那她最后站在哪一边也是很难说的。

那个少妇模样的姑娘，我看着十分顺眼，却是最麻烦的一个。因为，她很可能之前和三叔有过一段那种关系。

潘子并不敢肯定，只说这姑娘入行之后发展得非常快，从清水塘（长沙的古董街）一个小铺子的铺主，一直到和三叔合作做盘口生意，总共才花了一年多的时间，若不是有业内的大佬在背后扶持，这么快发展起来是不可能的。而这姑娘行事非常低调，看不出什么过人的地方。所以很多人都猜，这姑娘可能是三叔的女人。

我看着那姑娘，很难判断。我之前一直认为三叔是喜欢文锦的，但是文锦说二叔是解连环假扮的，那么喜欢文锦也可能是假装的。如果是这样，那这么多年有几个姑娘陪着倒是正常。一来男人独居总有扛不住的时候，二来三叔枭雄本色，纯爷们儿，又有钱，自己不找也会有人贴上来。

假设这姑娘是三叔的女人，那事情就糗大了。床笫之间的生活没

长沙倒斗四大巨头

有距离，三叔身上的细节定然逃不过她的眼睛，而举手投足的姿势习惯这女人更是了解。要是露出破绽，她必然会发现。

而且，即使她发现不了，她和三叔之间的事情我也不知道，一旦和她独处，问上一两句，我声音又不像，答案也不知道，更是无所遁形。

进门之后，我就看到她的视线在我身上打量，确实和其他人的感觉不同，不知道是不是我的心理作用。我只能将目光死死盯住那个鱼贩，努力表现出抑制杀意的感觉，让她觉得我现在没空理她，心里只想杀掉这个鱼贩。

队伍中还有之前和王八邱一起跟我们吃饭的几个人，我一一对应了一遍，感觉差不多了，才喝了一口茶作为暗号，让小花继续。

小花看了我一眼，便开口对其他人说道："各位，相信各位这段时间都很纳闷，三爷怎么这么久没有出现？市面上也多是风言风语，在这里知会大家一声，那些都是谣传。三爷前年查出身体抱恙，最近嗓子动了个小手术，一直在休养而已。不少别有用心的人在这段时间开始胡说八道，这不，三爷就出来给你们看看，大家别听风就是雨的。"

"哎哟，那三爷现在没事了吧？"下面有个长得特别忠厚老实，忠厚老实到看着就可恶的"地中海"说道，"要我说呢，外面都是小人在传，兄弟们这里可从来没相信过，是吧？"他就对边上的人道。

边上那个人尴尬地点头。

我知道这地中海，这是三叔四个喇嘛盘里最稳定的一个，三叔不在的这么长时间里，唯独他们的账目没问题。虽说也不是太好的东西，但这个时候我不由得觉得他有些亲切。

小花继续道："三爷身体没问题，只是还不太讲得出话来，潘哥也受了伤，所以各位见谅，这一次就由我来替三爷说话。咱们这么熟了，我就不自我介绍了，各位没什么意见，咱们就开始，别耽误三爷休息，速战速决吧。"说着他就对那个鱼贩道："老六，戳着干吗？老规矩啊，你先来。"

"来什么来？怕是三爷早忘了我们这帮兄弟了。生病？生病也不打个招呼，说走就走，下面的兄弟问上来，我都不知道怎么说。"鱼贩道，他的声音非常细，和他的身材落差极大，"好嘛，现在回来了，一句话也没交代，先查账本。您知道，老六我是走场子的，昨天回来一身泥，整不了账本，对不住了！三爷，您下一位，今天我空手来的。"

给我个下马威啊，我心说。果然如此，潘子把这个人放在第一个，就是看他的态度如何，从他的态度就可以得知王八邱的态度，也能知道他们到底准备到哪一步了。

不过，刚才这种口气介于嚣张和抱怨之间，我听着就松了口气。看样子，王八邱只是在试探。

他这话一说，其他人就都互相看，也不敢赞同，也没有反对。小花说道："老六，多日不见，娘娘腔没变，脾气倒见长。你这是老娘儿们抱怨老头子不回家，你害不害臊。"

说完下面的人立即爆笑起来，鱼贩却不为所动，说道："笑，笑，你们继续笑，老子就没账！"说着他对小花道："花儿爷，要比身段谁也比不上您，娘娘腔那是我从娘胎里带出来的，也没您练得好听。您就别管这档子事了，这儿是吴家的场子，您站边上我都觉得您是不是改姓了。赶紧的，下一位。"

听完，小花就失笑了，显然是没想到这家伙还给顶回来了。小花一下子靠到桌上道："吴家和解家是铁板上的亲戚，这一次三爷的病很凶险，要说了让外面长沙的那些大佬知道，兴许就闹进来了。三爷不说，有什么问题？那是为了你们好！"

鱼贩果然也笑了，但丝毫不怵："三爷不说那些人就不闹了？陈皮那个老不死的，半年前弄死了我六个兄弟，我找不到人做主啊！三爷，那些是兄弟啊！没您的话我不敢和陈皮对着干，兄弟白死啊？我把话撂下了，三爷，您这么折腾，神龙见首不见尾的，兄弟们可吃不消。您行行好，真身体不好不想管我们，那就别管了，否则，兄弟们没法混了。"

话说完，小花刚想接话，另一边的中年妇女也说话了："就是，三爷，老六说得对，这几个月您没在，您知道兄弟们有多惨吗？我那盘口差点就没了。要不是这儿坐着的四位扛着，长沙可就没您三爷的事了。您回来，也得给我们个交代，下面的兄弟要一个过得去的交代！"

说完，底下的人就都点头，坐着的四个人中的一位道："三爷，他们两个什么心思我明白，不过，阿红这娘儿们有一句说对了，这段时间兄弟们确实损失很大，这话怎么对兄弟们说，您得好好想想。我个人不相信三爷您是那种有点小病就吓得连知会我们一声都不肯的人。"

我瞄向那个被称为阿红的中年妇女，心说这一唱一和，说的话点都很到位。三叔这段时间忙于寻找谜底，肯定疏忽了很多生意，这些积怨应该早就有了，如今只是爆发了而已。

而且，这些话在理，在中国，理大过天，我又不能无视，只得咧嘴笑笑，想了想，忽然意识到自己该怎么回答，就低头在纸上写了一行字。

第七章 ● 吴邪的反击

小花本来想自己说，但看了一眼我写的字，愣了一下，似乎没想到我会写出这样的回答，转头道："三爷问你们，陈皮阿四现在在哪里？"

下面的人东看看西看看，有人低声道："最近消停了很多。"

我继续在纸上写，小花看着就冷笑着对他们道："你们知道他为什么消停吗？"

这下没人再说话了。小花道："三爷说了，你们以后再也见不到陈皮阿四了。他知道底下有些人和四阿公私交也不错，不过很遗憾，四阿公不会再回来了。"

有几个人的脸上顿时就变得毫无血色。我心中冷笑，陈皮阿四的结局，恐怕全世界只有少数几个人知道。我也知道他在三叔走了之后，对三叔的地盘进行过蚕食，但最重要的是，我知道他肯定回不来了。这么说是暗示他们，陈皮阿四也许是被我干掉的。

"各人做事有各人的方法，三爷的方法就是一劳永逸，再无后患，要做就做狠的，你们是知道的。"小花道，"这个理由好吧？当时三爷知道自己要动手术，就猜到四阿公会趁机来消遣我们。这手术凶险，为防万一，三爷将计就计，早就准备好了应对，不对你们说，是因为你们管不住自己的嘴巴。现在，我们少了几个兄弟是伤心，但是值得。接下来，四阿公的那些盘口，我想兄弟们也知道自己该怎么干了。"

下面一阵骚动，那个地中海道："三爷，您是说，咱们可以到四阿公的盘口上去……"

"这不合规矩啊，三爷，我们想是想，但是弄不好人家不肯啊。"另一个坐着的道。

我继续写着，小花念着："总有人不肯，但四阿公不会回来了，三爷不接手，总有人接手，何必便宜外省人呢，对吧？三爷的脾气你们不是不知道，三爷让你们做的，那是早就盘算好了的，你们去做就是了。"

"得！得！得！"地中海咧嘴就笑，"和老不死的抢生意多少年，终于有这一天了。常德归我，你们别和我抢啊。"

"哎！"其他三个立即跳了起来，"轮不到你挑，最好的地方你就这么挑走了，靠嘴快？"

"我不靠嘴快，我靠的是忠心，三爷当然把最好的地方给我。你们账都没搞清楚呢，一边待着去。"

"账……"几个人为之语塞，其中一个立即道："不行，再怎么样也不行，常德不能给你，我们……我们听三爷的，三爷说怎么分就怎么分。"说着他们便全看向我。

我心中一笑。这是我没想到的效果，我没想到这话这么管用。

正想着怎么打发他们，忽然就听那鱼贩冷笑了一声。

所有人都看向他，他呸了一口："三爷，您太狠了，四阿公是消遣我们没错，但您不能把兄弟们当幌子，您得让我们有防备啊！这么说，那些被弄死的兄弟，是您一开始就打算丢掉了？你们这些喇嘛盘好了，我们马盘累死累活，坐牢的是我们，被枪毙的也是我们，我们的命就这么不值钱？你们抢地盘，死的全是我们的人！"

我看着他，他说完看着其他人，但是这一次，连那中年妇女也没接话。

这一行是功利的，其他马盘都没有王八邱那么大的财力，不想得罪财神爷——四个喇嘛盘口。中年妇女显然比鱼贩早意识到了这一点。

鱼贩看到四周一片安静，不由得有些慌了："好嘛，一群没出息的，给别人当一辈子炮灰吧。老子不干了，反正我没账，三爷，我先走了！"说着起身就要走。

我一看，有些意外，没想到这鱼贩这么硬。本来我还以为至少得等到查了账本才会有这一步，没想到这家伙上来一看形势不对就立即要走。

我心中一动，暗说糟糕，这是有后招啊！他一看在这场合下反不了了，准备离开来硬的？

想到王八邱早上就暗算过我们，我就觉得很有可能。抬眼看去，就见那中年妇女立即往外靠，似乎想追过去。

要真来硬的，那就是大事了。小花带的人不多，我手下更是没人，王八邱真要带人冲到了这里，我们没胜算的。

我正想着立即阻止他，可是不知道该怎么说，于是急火就上来了。小花显然和我想的一样，他立刻叫道："老六，交了账本再走，没账本不准走！"

那鱼贩根本不听，还是往外挤。

就在这时，他要出去的一刹那，潘子从椅子上站了起来。

我立即看到了惊人的一幕，在那一瞬间，所有的人，竟然顿时往后退了一步，接着交头接耳的声音都消失了。现场静得吓人，连那鱼贩一下也停住了，回头看向潘子。

我看着这情形，无比的惊讶，几乎忍不住，只得立即喝茶，用茶杯挡住我的脸，同时吸了口气，才控制住脸部的表情。

我再次看向场内，就见潘子站起来之后，看也没看其他人，而是摇摇晃晃地吸了几口气，转头向鱼贩走了过去。

所有人都没有动，都戒备地看着他，鱼贩忽然就有些胆怯，说道："姓潘的，你想干吗？兄弟们都看着呢，你要是动手，咱们可就撕破脸了，你别后悔！"

潘子一脸的轻蔑，根本不理会，鱼贩开始叫："阿烂，阿邦，带……"

还没说完，潘子已经到了他面前，一把扣住他来推的手，一拧，把他整个人拧得翻了过去。

鱼贩疼得大叫，同时我就听到外面有骚动的声音，有几个人往这里跑了过来。潘子也不理，把手一伸，从他裤子后袋里抽出了一个本子，就往后一递。

小花上前接过来，翻了翻，道："不是有账本吗？哎呀，老六你太调皮了。"

"那是我……哎呀呀！"鱼贩刚想说话，潘子一用劲，他立即惨叫起来。接着潘子就看向鱼贩边上的人，那个人也看了看他，一脸惊讶。

"看着我干吗？交东西上去，也要我动手吗？"潘子一瞪眼，那个人立即反应了过来，马上转身向小花递上本子："花儿爷，到五月份，全在。"接着，所有人都动了，每个人争先恐后地拿账本递给小花。

潘子这才放开哇哇叫的鱼贩，此时鱼贩的那几个手下才赶到，看到老板吃亏就想往前冲，却一下被鱼贩拦住了。鱼贩揉着胳膊，脸色红白交替。

潘子看着鱼贩，指了指自己的后背，冷冷道："老子被人砍了一刀，背很疼，我长话短说。"他咳嗽了一下，"今天，三爷没说走之前，谁也不准走。我眼睛看不清楚，平日里谁熟谁陌生，今天也没精力分辨了。谁要敢早走，我就当场弄死他。"

鱼贩听着，想骂什么，潘子立即又道："别顶嘴，会死的。"

这话竟然就从鱼贩的喉咙里咽了下去，当真就不敢走，也不敢说话了。看着小花拿了一堆账本回到桌子边，鱼贩显然极其愤怒，但是他一点办法也没有。

另一边中年妇女和身边两人交换了一下眼色，也递上了账本，显得十分无奈。

潘子还是看也不看，转头走了回去，点上烟，有点摇摇晃晃地重新坐下。

我看着潘子，潘子没有看我，只是低头。我忽然对他肃然起敬。

潘子已经豁出去了，不是从刚才开始才豁出去，而是从跟了三叔开始，他就已经豁出去了。

在过去的几十年里，一定有无数的人不相信那句"别顶嘴，会死的"，然后潘子一定用行动告诉了他们，不相信是错的。我不知道这种事情发生了多少次，但是，从刚才潘子说了这句话之后鱼贩没有半点不信的反应来看，我已经很清楚地知道一些东西了。

潘子是一条恶犬，一条只有三爷才能拴住的恶犬。三爷并不可怕，但是三爷手下有个疯子，他不要命，不怕死，只听三爷的话。所以，不要得罪三爷。

相信无数人心里都有这么一个根深蒂固的概念。

我忽然想到第一次见潘子的时候，他大大咧咧的，完全不是这个样子。在和三叔私下交往时，他就是一个听话的伙计，还很好玩，和胖子互相看不惯。我完全没有想到，在与三叔一致对外的时候，他是这个样子的，我也忽然明白了为什么他对于三叔那么重要。

但是，哪张脸才是他真实的性情？是那个平日和胖子扯皮的潘子，还是现在这个修罗一样的混混？

我希望是前者。即使像他说的，我戴上了这张面具之后，就会看到无数我之前看不到或者不想看到的东西，我还是希望之前确认的一切，是真实存在的。

思忖着，我叹了一口气，不管下面的各种混乱，立即开始去看这些账本，同时活动手腕，准备开始表演三叔的绝技。

第八章

● 我的名字叫潘子

之前的紧张，此时忽然变成了一种无奈。

所有账本都是用暗语写的，类似于那条让我卷入一切的"鸡眼黄沙"的短信一样，各种暗语层出不穷，稍不留意，还会以为是写砸了的武侠小说或者修脚秘籍。我能够看懂这些暗语，再怎么说，我也是三叔底下一个小盘口的小老板，整套体系我都学过。

不过看着账本上各种巨大的吞吐数额，我不禁汗颜，有一种无地自容的感觉。以我那小铺子的营业额，如果我不是三叔的侄子，我肯定已经从盘口的名单上被剔掉了。

账本我完全能看懂，其中的问题我却看不出来。既然敢交账本上来，账目显然是做平的，三叔能从很多小细节中看出猫腻，我显然没这个本事，只能从一些小地方来揣测。比如说，整个账本的墨迹全都很新，那肯定是昨晚连夜赶出来的。比如说里面的纸很旧，但封面很新，那肯定是旧账本换了皮的。

这些事情其实我都做过，但我是小老板，三叔收账的伙计也不敢对我怎么样。今天的这些问题，肯定是下面的盘口听到三叔出事的风声之后，都捞了不少，如今临时做的假账。

昨天一定是个不眠夜，呵呵。不知道为什么，我心中总有一股快感。

翻账本的时候，我还在账本堆里发现了一本奇怪的东西。

那是一个电话本，在所有账本的最下面，是那个鱼贩交上来的（或者说是潘子抢上来的）账本。

我开始以为这是一个电话簿样式的账本，但是我打开之后，发现这真的就是一本电话簿，里面全是各种号码，完全没有账目。

我很快就反应了过来，明白刚才的想法是错的。

潘子不知道鱼贩带的根本不是账本，这是小花做的一个局。

也就是说，潘子只是看到他口袋里有本子，就以最快的速度抢过来给小花，小花立即谎称这是账本。其他的人一看，鱼贩嘴巴这么硬，还是带了账本，说明他同样忌讳三叔。和之前他自己说的不一样啊。其他人立即觉得造反不靠谱，就当墙头草倒向我们，等鱼贩反应过来，所有的账本都已经交了上来，鱼贩的计策已经失败了。

之前我虽然用陈皮阿四占了先机，但是看真本事还得看怎么处理这些账本，把钱收上来，这是最实际的。既往不咎不是三叔的性格，别人会怀疑的。

也不知我的想法是否正确，不过现在已经不重要了。我挑出了几本一定有问题的，就准备开演。但是第一步不是飞账本，而是要表达强烈的不满。

在导演潘子原来的安排中，这一步要用一只烟灰缸砸他，表达对三叔不在这里的时候主持工作的潘子的责备。于是我看着看着，忽然就猛地把一本账本合上，往桌子上一摔。

房间里本来就鸦雀无声，一下所有人的眼神都看向我，我顺手抄起桌子上的烟灰缸就朝潘子砸去。

按照剧本，潘子立即就会接住烟灰缸，之后我立即起身，用最快的速度把账本对应着一个一个拍到有问题的人的脸上，然后秀秀带着我离开。之后的事情，小花和潘子就会搞定。

潘子算过，如果计划顺利，三叔不在时少收的钱基本上能回来大半，那是个大数目。

这一步做完之后，只要我在这整个过程中没有被人戳穿，"三爷已经回来了"这个概念就会变成事实，以后我不用经常出现，只需要回杭州去，潘子就能慢慢把局面撑起来。

从目前的状况来看，最要紧的两点是，我自己不能露出马脚以及快速并合理地完成这些步骤，让别人觉得合理，不会觉得三爷有问题。这些人跟着三爷好几十年，对于他的畏惧已经是习惯了。

而现在就是重头戏上演的时候，成败在此一举了。

昨晚练了很多次，我准头很好。我看着潘子，身上所有的气都提了起来，就等他接住烟灰缸的一刹那。

然而，让我预料不到的情况出现了，那烟灰缸竟然砸在了潘子的头上。他竟然没有伸手去接。

烟灰缸直接摔到地上砸得粉碎。我脑子一僵，心说潘子你竟然开小差。这时就见潘子身子一软，从椅子上摔倒在地上。一股血腥味扑面而来，整张椅子上竟然全是血。

人群立即大乱。我脑子嗡了一声，立即就站了起来。小花一下就从我面前走过，在经过的一刹那看了我一眼。

我明白了他的意思，是让我不要乱。我只得硬生生地忍住。小花率先冲了过去，同时下面的人就炸了，一下全拥了过来。

伤口肯定是刚才扭鱼贩的时候裂开的，回来抽烟是为了掩盖血腥味，他知道自己要顶不住了。

你还真不要命，我心说。我暗暗捏紧了拳头，心中忽然非常后悔，也许我就不应该再去找他。他好不容易能从这行走出去，如今又回来拼命，我太自私了。

小花探了探潘子的脉搏，立即把潘子扶了起来，对门外大叫。他带来的几个人马上赶过来，把潘子抬了出去。小花跟出去交代了几声才回来，西装上已经全是血。

其他人都被这场面吓得蒙掉了，谁也没有阻拦。我原以为鱼贩会在这个时候发难，但他也没有什么反应。我看他的眼神一直瞟向那个中年妇女，中年妇女也看着他，两个人不停地交换眼神。

我用眼神问小花：怎么样？他来到我身后，低头在我耳边道："伤口裂了，别担心，我的人把他送医院了，您快点完事，再去看他。"说话的时候，他拍了拍我，意思是：继续！

在事情出现问题的时候，人往往会有三个选择，一是继续坚持，二是立即就走，还有就是保持不动。我和小花早就约定，他会用几个动作，作为三种情况的暗示。

我想着之前的计划，心中暗骂，看来在以前，三叔本人在这种情况下是不理会潘子的，他会继续处理账本。如果我忽然离开，显然和三叔的性格不合，这会让人觉得三叔心里没有底了。

想着，我决定立即开始摔账本，然后迅速离开，于是我用手指敲了敲桌子。

一下子，骚乱的人全部把目光投向我。我起身冷笑着拿出第一本账本，刚想朝那个人脸上摔出去，忽然冷汗就下来了。

第九章 ● 吴三省时代的终结

　　所有人的位置都乱了。潘子给我安排的那些人的位置顺序，在刚才的变故间已经全部乱了。我手里拿着账本已经有了摔的动作，现在却一下子硬生生地收住，反手狠狠地摔在桌子上。

　　小花看了我一眼，脸色就变了。他知道糟糕了，因为这个动作停顿了。

　　如果说之前我不说话，砸了潘子，摔了账本，立即就离开，别人会觉得我不说话是因为心情极度郁闷。

　　但现在我站了起来，摔了一本账本在桌子上。一般来说，这是要说话的前兆，如果我这样还不说话，那别人立即就会感觉到异样。

　　怎么办？怎么办？我脑子一下乱了，看着下面那些眼巴巴地看着我、等我说些什么的人，我只能竭力忍住不说话。我想着，如果我立即转身离开，是不是或许还有转机，因为别人会认为我忽然肚子痛了。

　　就要露馅儿崩盘的一刹那，几乎是在那种焦急的惯性驱使下，我忽然就吼出一句话来："没有一个是好东西！都给我滚！"

　　这是我竭力压着自己的嗓子吼出来的，声音极其沙哑和难听，简直不像人发出来的。

　　所有人都看着我，目瞪口呆。小花也目瞪口呆，显然不知道这种场面应该怎么说话了。

　　整个场面静了很长时间，气氛非常尴尬，小花最后才勉强开口道："你们没听到三爷说什么吗？还想三爷再说一遍？"

　　这些人互相望了望，都开始松动，显然觉得非常奇怪，但还是准备离开。

　　我心里真想抽自己嘴巴，心说果然不行，我还是搞砸了，准备了这么长时间，我还是搞砸了，我真是个废物。

　　就在这时，窗外忽然传来了一连串汽车喇叭的声音，足有十几辆车，突然同时鸣起笛来。

　　那鱼贩忽然就笑了，停下脚步，对我道："三爷，老邱来了。"

　　小花来到窗边上，钩住窗帘往下看了看，就冷眼看了一眼鱼贩，低头在我耳边说："不妙，准备走，下面全是王八邱的人。"

　　鱼贩继续对其他人道："各位，不想和三爷一起的，现在离开，咱们以后还有生意来往，想和三爷一起的，不妨留下来看看待会儿的好戏。"说着他转向我："三爷，不是我说您，潘子这样的狗，您也不多养几条，一条死了，您就没人看家了。现在，您还有什么话不妨说，我们不嫌您说得难听。"

　　其他人互相看了看，此时，有手下从外面走过来，到那些人耳边耳语，很快，所有人都开始离开。他们显然都得到了消息，房间里一下子只剩下了老六和那个中年妇女对着我们。

　　小花倒也镇定，说道："老六，你胆子真大啊，敢在这么多同行面前干出这种事情来。"

“干这一行，都为钱，他们和三爷都没感情。”鱼贩道，“三爷是什么近况，我知道得很，混到如此田地，只能怪您自己失策。今天这茶馆里待会儿要是起了一场大火，一个时代就过去了，明儿这些人还是和我称兄道弟，没人会提今天发生了什么，您信不信？”

“你没让我走，那你是想连我一起做掉喽？”小花笑道。

“我本不想的，不过，霍老太的事情您自己还没摆平呢！您要是出点事，可别说霍家人不开心。不过放心，秀秀小姐我会送还给霍家的。”

小花脸色一变，秀秀惊讶道：“老六，我两个哥哥是不是和你说过什么？”

“您自己回去问他们。”鱼贩道，“不过，您想想，我们哪儿来那么大的胆子？耍刀子这种事情我们不专业，不过你们霍家可有人才。”

我和小花对视一眼，感到无比惊讶。我实在没想到，背后还有这样的事情。

看来秀秀的两个哥哥还都不是省油的灯，竟然伙同王八邱想吞掉三叔的地盘，可能连小花的地盘都想吞掉。

“那你凭什么觉得我会就范？”小花叹了口气，脸色就阴了下来，没有之前那种一直很俏皮的表情了。

“您凭什么觉得自己不会就范呢？花儿爷，您可没二爷当年的身手。现在外面全是人，最多半分钟他们就上来了，您现在报警都没用。”

“一定要能打才是本事吗？”小花道，“你以为，你真的杀得了三爷吗？”

鱼贩看着小花，就冷笑：“难不成到这个时候了，你们还能飞？”

“就算你把我们都杀了，你也杀不了三爷。”小花笑道。

“什么意思？”

“因为三爷根本不在这里。”小花道。

我不知道小花想干什么，但随即我就明白我们必须冒险了，事情已经对我们极端不利。

小花转向我："亲爱的，用自己的声音和六爷打个招呼吧。"

我动了动喉咙，就用自己的声音说道："六爷，刚才得罪了，演得不好，不要介意。"

鱼贩和那个中年妇女的脸色霎时变得苍白："你是？这声音是？"

"在下花儿爷手下小小戏子一个。"我道。

小花道："老九门留下的手艺不少，又岂是你们这些土鳖会懂的。"

外面已经传来了王八邱带人上楼梯的声音，我背上汗毛竖起来了。

"不可能，怎么可能这么像？"鱼贩连连摇头。

"还不信？那再让他们看看。"小花道。

我心想难道要把面具撕下来？一想不对，这面具恐怕不是那么好撕的，而且让他们发现我是吴邪也不是好事，于是我心一横，就把自己的外衣脱了。

我的身材和三叔差得非常远。三叔常年在外，黝黑结实，我和他年龄上也差了很多，很容易看出来。衣服一脱，鱼贩的脸色就更难看了。

"那真的三爷在哪里？"中年妇女脸色发青道。

"现在王八邱倾巢出动，你们老窝有人看吗？"小花道，"三爷是什么性格的人，你们不是不知道。你们这几个月做得那么绝，他会安心来找你们要账本？"

正说着，忽然鱼贩的电话就响了，他立即拿起来，估计是来了条短信，正看着，他的脸色立即从苍白变成了铁青。他对中年妇女道："是真的，三爷现在带了人在我们铺子里！快走！"

"那他们……"中年妇女指着我们。

"三爷不死，弄死他们也没用。"鱼贩直跺脚，"我就知道没那么顺利！"说着，他们带着手下急忙冲了出去。

不出片刻，他们应该在走廊上碰到了王八邱，就听到鱼贩大叫："我们被骗了！这个三爷是假的，真的三爷在我铺子里！"

"什么？"王八邱大叫，"什么情况？"

"我就说那老狐狸没那么好弄，我们被算计了！"鱼贩几乎吼了起来，声音好似太监一样凄厉。

"走！回去！"王八邱大叫，接着他们所有的人又重新冲了下去。

小花咧嘴一笑，往窗帘外看了看，就听着嘈杂的声音一路往下，汽车又开始发动起来。

一直到声音远去，我几乎瘫倒了，坐在地上，感觉浑身的冷汗一下就冒了出来，刚才的紧张全从毛孔中涌了出来。

小花似乎也松了口气，一把就把我从地上提了起来，然后道："真险，我们快走。"

"刚才是怎么回事？"我问道。

"面具这种东西，能有第一张就有第二张。"小花让我别说话，继续拿出手机给我看，"我们解家人，做事情从来不会不留后手。"

"怎么说？"我动口型。

"路上说吧。"他道，"事儿还多着呢。"秀秀笑着递上了最后一杯茶，我一口气喝完，撩开帷帐走出去，迅速地下了楼。

外面的人已经走得差不多了，只有一些大佬的手下还在扎堆。我谁也没理，径直走向车子，忽然就看到，那人群之中还站着一个人。

是那个三叔的女人，她站在人群后面，冷冷地看着我。

我后脑又开始冒冷汗，不知道作何反应。我心说，不会还有加时赛吧。却见她看着我，随后转身离开了。

　　我深吸了一口气，小花已经把我推到车边，让我坐了进去。

　　车子启动，我在车窗经过那姑娘时看着她的身影，觉得她可能会是个大麻烦。但是我懒得去琢磨了，疲倦犹如潮水一样向我袭来。

第十章　●　曲终人散

坐在车里，我全身的疲惫涌了上来，回想起刚才的一切，我几乎记不清发生了什么。

不过，从小花的表情来看，这件事算是成功了。

小花在车上告诉我，从一开始，他就知道我这边肯定会有问题，所以在整个计划里，我这边只是一步，目的是把所有人都引到茶馆里，然后他的两个伙计在另一边待命，其中一个戴了一张三叔的人皮面具。

如果王八邱不发难，就由我这边唱大戏一直唱到完，一旦我这里出现任何问题，被人戳穿或是王八邱来硬的，他都还有一个后招儿。

潘子一倒，他就知道事情有变，已经做好了准备。果然王八邱立即来了，显然早就埋伏在四周了，小花立即给那两个手下发了信息，这才有了刚才那一幕。

我道："这也够惊险的，老六那边的伙计要是晚几分钟发短信，我们就死了。"

小花道："这一行靠运气没法生存。"说着他让我看他的手机，上面有一条短信："六爷，三爷带了人在我们铺子里，怎么办？"

"老六最得力的手下昨天和我唱K的时候，没发现自己的手机被调包了。"小花道，"可惜，这种小小的伎俩，总是屡试不爽。"

我心中苦笑，不知道说什么好。不过，我这辈子最最难熬的一个上午算是过去了。

人皮面具贴合得非常好，我在车里抽了半包烟才慢慢地缓过来，问这些人回去会怎么办。

小花说："现在还不知道，但是至少三爷回来了这个事情已经成为事实了。你三叔在长沙威名远播几十年了，我们这么一闹，潘子再去走动，气势就完全不同了。"

"我总觉得悬，士气已经颓了，说起来就能起来？"

"我举个例子，现在有很多入行的新伙计都是听着三爷的故事长大的。这些人把三爷当神一样崇拜，只要潘子说替三爷办事情，他们死都愿意，但前提是，潘子必须代表三爷。这样他们就会觉得替潘子办事能进到三爷的盘口来，得到三爷的点拨。"小花道，"这就是区别。这批人数目可不小，潘子靠自己是叫不动的。"

我点头，确实有道理。小花继续道："刚才那些人中，肯定有很大一部分是潘子直接叫得动的。王八邱和鱼贩还是个麻烦，不过只能直面了。"

我问起潘子的消息，小花道："你很快就能见到他，他就要出院了。"

"出院，为什么要出院？"我道，"他不要命了！"

"今天晚上很关键。"小花道，"我们刚才的'成果'需要有一个人'变现'，潘子必须出面，确定到底有几个盘口是在我们这一边。然后，也就是今晚下半夜，王八邱和老六必须除掉。"

我心中一惊："什么意思？"

"事不过夜，这是三爷的规矩，王八邱也很清楚，也不会坐以待毙。"小花说着看了看天，"今晚要下雨，流血的天气。"

我看着他，意外道："这么可怕的话，你说得倒一点也没压力，能不这么干吗？"

小花笑了笑："刚才那句话，是我爷爷说的，我妈又转述给我听的。我听到这句话的时候，才十七岁。"说着他叹了口气，"压力这种东西，说着说着，就没了。"

我皱眉，感觉到一阵恐惧。我从来没有想过还会发生这种事情，于是问道："一定要这样？要不我们打匿名电话报警，把他们干掉好了。"

"天真这外号还真没起错。"小花道，"如果我是你三叔，也许我有办法让你继续天真下去，可惜我不是。小三爷，面对现实吧，这是你自己的选择。"

我沉默不语，看着车外的长沙，想起潘子也和我说过类似的话。这确实是我的选择。

回到昨晚住的小旅馆，拿上行李，我搬到了小花在长沙的招待所。这里比在四川时略差，显然是很早装修的，应该是他发家时就建立起来的中转站。据说招待所食堂的师傅以前是成都狮子楼的总厨，他给我们搞了三个很精致的小菜。

我们回到房间，吃饭的时候，我又问晚上的事情什么时候开始。小花笑而不语，只是一个劲儿地让我喝酒。

那是一种我尝不出来品种的酒，我怀疑可能是绿豆烧，就是以前土夫子经常喝的那种酒糟原汁，外加一些冰糖和药材做成的。这酒喝的时候辣口，感觉有一股绿豆汤的味道。但是几杯之后，我就毫无征兆地醉了过去，连什么时候迷糊的都不知道。

醒来的时候已经是第二天早上了，我看到小花和潘子躺在我房间里的沙发上，两个人身上全是血迹，都睡得很熟。我看了看窗外明媚的阳光，就知道一切都已经结束了。

我很默契地没有问前一晚的细节，只知道七个盘口站在了我们这一边，王八邱和鱼贩的手下都是乌合之众，他们本身善于经营，不善于火并，结果不言自明。潘子收了下面盘口欠下的货款，总计小一千万，接着迅速整顿了崩溃的长沙总盘。我在这段时间，就像吉祥物一样，到处露一下脸。

等我离开长沙飞往杭州的时候，总盘已经有了四十多个伙计，虽然大部分是新人，但在潘子的运作下，磕磕碰碰的走货又动了起来，整个长沙已经稳定了下来。

至此，最初的难关算是过去了，回到杭州之后，不用像在长沙那么腥风血雨，只需要风花雪月就可以了。在这段时间里，潘子会留在长沙替我物色队伍，利用三叔的名气和钱，夹一些还不错的喇嘛，而我则必须在杭州处理三叔积累下来的事务，同时更加系统地模仿三叔，包括声音。

这看上去很难。小花教给我一些技巧，目的是在去巴乃营救之前，能大致让三叔的脸和声音显得不那么突兀。

之后小花会回北京，继续和霍家的人周旋，拖延时间，一直到潘子把队伍拉起来为止。

我们计划完成这一切只用五天时间，我心中默默祈祷闷油瓶和胖子他们能坚持下去，一定要等到我下来！

烦琐之事不表，五天之后，我、小花、潘子分别从杭州、北京、长沙飞往广西，三方人马在广西机场会面。一到机场，我就看到潘子带了有一二十号人浩浩荡荡地过来了。他们打扮成旅行团的样子，潘子举了一个小旗，上面写着"中青旅"，他拿着耳麦在朝我笑。

果然是打不死的潘子，五天时间，他的伤一定没有好，但是看气色完全不同了，头发也焗油变黑了。小花那边只带着秀秀，两个人好像一对小情侣。

我一个人穿着三叔经常穿的衣服，忽然有种孤独感。这些人来到我的面前，潘子就对身后的人道："叫三爷。"

"三爷！"身后所有人都叫了起来，我点头，尽量不说话，潘子在前头引路。

我们上了几辆很破的小面包车，我和潘子、小花坐在最前面的那辆车里。一路上潘子把后面车上的一些人给我介绍了一遍。

我听得格外用心。我知道平日里这些环节都是三叔做的，如今我就是三叔，在潘子不在的时候这些人会听我的，我的很多决策会影响到这些人的生死。我不能像以前那样浑浑噩噩，以观光的心态来下地了。

"七小时后，我们会到达巴乃。我已经和阿贵打了招呼，到了之后我们立即进山。不过，现在有个麻烦，大家要做好心理准备，特别是三爷。"潘子道，"那儿的情况也许会出乎您的预料。"

"什么？"我问。

第十一章 ● 裘德考的邀请

　　"裘德考的人已经满村都是了，他们似乎还是没有进展，很多后勤支援的人盘踞在村里，人多势众，他们知道您要来，裘德考已经放出话了，他要见您一面。"

　　潘子的队伍分成两组，一组是下地的，一组是后勤支援的。他说，这一次以救人为主，深山中的那个妖湖离村子太远，后勤就显得尤为重要。平日里我们进山都要两三天时间，现在在进山的路线上设三个点，一个点五个人，二十四小时轮番候命，这样可以省去晚上休息的时间，把村子到妖湖的支援时间缩短到一天以内。

　　这样，光是支援的伙计就得十五个，由秀秀负责。剩下两个好手跟我们下地，加上小花、潘子和我，一共是五个人。三叔的那个女人——哑姐，竟然也在下地的五个人内。

　　我问潘子为何这么安排，潘子道："那女人我们用得着。我想三爷当初培养她，应该是她有真本事。当然，三爷有没有睡她，我就不知道了。而且，她已经对你起了疑，这种人带在身边最保险。"

我道："那老子不得时时刻刻提心吊胆？"

"进去之后，我们肯定会分开，她和花儿爷一队就行了。救人要紧，救上来什么都好，救不上来，恐怕你也没心思装什么三爷不三爷了。"潘子道。

我点头，之前觉得是否人太多了，可是一想是去救人，而且要在最短的时间内把人救出来，进去这么些人还是必要的。在那种地方，待的时间越长越是危险。

那妖湖湖底的村落，还有太多谜没有解开。如果张家古楼正是在湖底的岩层之中，从那边山体的大小来看，里面必然极其复杂，可以预见我们进入张家古楼之后，推进一定非常缓慢，良好的后勤可以弥补我们上一次的尴尬。

一起去下地的人中，只有一个小鬼我不认识。他极其瘦小，才十九岁，外号叫"皮包"，据说耳朵非常好使，是极好的坯子，在长沙已经小有名气。这次夹喇嘛把他夹了上来，价码最高。我想他具体是个什么样的人，得相处一下才知道。按潘子的说法，价码高的，一定不好相处。

至于裘德考，潘子问我要不要见，我想也不想就拒绝了。在这种节骨眼儿上，各种事情混乱至极，应酬的事情就不要去处理了。老子刚觍着脸演了一出大戏给三叔的伙计看，这个老鬼不知道比那些人要精明多少倍，又没有必须去的理由，何必触这个霉头。

潘子道："也未必，白头老外和三爷之前的关系很复杂，我也搞不清楚当时发生了什么。他找你，也许你可以去试探一下。"

我心说这倒也是，不过试探这种老狐狸，非精神体力俱佳不可。我心中想着胖子他们的安危，此刻倒不急于琢磨这些破事了，便对潘子道："不急，等人救出来，有的是机会去试探。现在箭在弦上，不得不发。我们到了之后，先休整一晚，第二天立即出发，到了湖边再说，让他反应不及。"

潘子摇头道："这种老狐狸，要避开我看难。不过还是按照你说的做，你的思路是对的。"

我们各自打着算盘，又把各种细节讨论一遍，便开始闭目养神。颠簸了七个小时之后，我们到达了巴乃。

下来的一刹那，我看到那些高脚木屋，熟悉的热带大树，穿着民族服饰的村民，恍惚间就感觉，之前去四川、去长沙经历的一切都是梦，回到阿贵家里就能看到胖子和闷油瓶正在等我。

天气已经凉爽了，但是比起长沙和四川还是热很多。我解开衣服扣子，就发现哑姐在看着我，心里咯噔了一下，立即又扣上去找阿贵。

阿贵还是老样子。这时的天色已经全黑了，我递烟给阿贵，对他道："总算回来了，云彩呢？"

阿贵一边把我们往他家里引，一边很惊讶地看着我："老板以前来过？认识我女儿？"

我这才反应过来，我已经不是吴邪了，现在对于阿贵来说是一个陌生人。我不由得尴尬地笑笑，说道："来过，那时候我还很年轻。你女儿也叫云彩？我上次来，这儿有个挺有名的导游也叫云彩。"

阿贵点头，似懂非懂道："哦，这名字叫的人多，那您算是老行家了。"

我干笑几声，看了一眼哑姐，她似乎没有在看我了。其他人各自下车，阿贵带来的几个朋友都拿了行李和装备往各自被安排好的村民家里走去，这里没有旅馆，所有人必须分别住到村民家里。

"您是这一间。"阿贵指着我和闷油瓶、胖子之前住的木楼子，我感叹了一声，就往那间高脚屋里走去。撩开门帘进去，我愣了。

我熟悉的屋子里已经有了一个人，他正坐在地上，面前点了一盏小油灯。

那是一个老外，非常非常老的老外。我认出了他的脸——裘德考。

"请坐，老朋友。"老外看到我进来，做了个动作，"我们终于又见面了。"

我吸了口气，冷汗就下来了，心说果真避不开，来得这么快。我瞄了一眼外面，看潘子他们在什么地方。

裘德考立即道："老朋友见面，就不用这么见外了，稍微聊聊我就走，不用劳烦你的手下了吧。"

我没看到潘子，其他伙计全都说说笑笑的。我心中暗骂，转头看向裘德考，勉强一笑，几乎是同时，我看到裘德考的身边放着一个东西。

那是一把刀，我认得它，那是闷油瓶来这里之前小花给他的那把古刀。

我心里咯噔一下，第一个念头竟然是：这么快又丢了，真败家，转念一想，才觉得不妙，这东西是怎么被发现的？难道裘德考的人已经进到妖湖湖底去了？

裘德考看我盯着那古刀，就把古刀往我这边推了一下，单手一摊道："应该是你们的东西，我的人偶然拾到的，现在物归原主。"

"这是从哪儿弄来的？"我故作镇定地走过去，坐下拿起一看，知道绝对不会错，就是闷油瓶的那把刀。

这把刀非常重，不过比起他原来的那把黑刀，分量还是差了很多，连我都可以勉强举起。刀身上全是污泥，似乎没有被擦拭过。

"何必明知故问呢？"裘德考喝了一口茶，"可惜，我的人负重太多，不能把尸首一起带出来。可怜你那些伙计，做那么危险的工作，连一场葬礼都没有。不过，你们中国人似乎并不在意这些，这是优点，我一直学不来。"

"尸首?"我脑子里轰的一声,"他死了?"

"这把刀是从一具尸体上拿下来的,如果你说的就是这把刀的主人,我想应该是死了。"裴德考看我的表情比较惊讶,"怎么?这个人很重要吗?吴先生,以前你很少会对死亡露出这种表情。"

我看着这把刀,仿佛进入了恍惚的状态,心说,绝对不可能,闷油瓶啊!

闷油瓶怎么会死?闷油瓶都死了,那胖子岂不是也好不了?不可能,不可能,闷油瓶和死完全是绝缘的。这个世界上,还有什么地方能让他死?!他是绝对不会死的。

恍惚了一下,我立即强迫自己冷静了下来,仔细去看这把刀。我问裴德考:"那具尸体有什么特征吗?"

裴德考被我搞得不得要领,也许他一直以这种高深的姿态来和中国人别苗头,之前和三叔可能也老是打禅机,可我毕竟不是三叔,没法配合他,我只想知道问题的答案。

他诧异地看着我,失声笑了起来,喝了一口茶,忽然道:"你真的是吴先生,还是我记错了?"

我上去一巴掌就把他的茶杯打飞了,揪住他的领子道:"别废话,回答我的问题。"

裴德考年纪很大了,诧异之后,面色就阴沉了下来,问道:"你怎么了?你疯了,你对我这么无礼,你不怕我公开你的秘密吗?吴三省,你的敬畏到哪里去了?"

我靠!我心说,你的中文是谁教的,余秋雨吗?但我一想,我这么粗暴,他也不可能很正常地和我说话了。我脑子一转,就放开他道:"你先回答我的问题,这件事情非同小可。你还记得你在镖子岭的遭遇吗?你还想再来一遍吗?"

裴德考愣了一下,整理了一下衣服,问道:"这么严重?"

"回答我,那个人是什么样子的?"

裘德考道："我不清楚，是我手下的人发现的。"

"带我去见他，我要亲自问他。"我道。

裘德考看着我，凝视了几秒钟，发现我的焦急不是假装的，立即站了起来："好，跟我来。不过，他的状况非常糟糕，你要做好心理准备。"

第十二章 · 张家古楼里来的人

裘德考的人住在村的上头，可能是人数太多的原因。村子往上部分高脚楼分布得非常密，适合很多人同时居住，可以互相照应。

我和潘子打了个招呼，说明了情况，潘子就跟着我们，从那条熟悉的小溪边绕了上去。夜晚的天非常清凉，月光照在清澈的溪水里，到处是虫鸣之声，让人不由得又想起了半个月之前的情形。

上去之后，我才发现整个村子的上头几乎被裘德考的人占满了。到处灯火通明，所有的院子里都摆着大圆桌，到处都是成箱的啤酒和赤裸着上身吃东西的老外。显然，这儿大部分的房间都变成饭店里的后厨了。

倒斗也能搞活经济，我心说，一个找不到的好斗能富一方水土，在这里倒也体现得淋漓尽致。

看到裘德考过来，几个喝得站都站不直的老外就拿起啤酒对他大喊："Boss, come on! Don't be too upset! （老大，过来一起喝，开心一下！）"

裘德考没有理会，径直绕过这个大排档，到了这排房子的后面，气氛陡然一变。我看到一幢非常冷清的高脚楼，很小，似乎只有一间屋子。门口有两个人，一脸的严肃，四周也没有喝酒的人，只有一盏昏暗的白炽灯照着这屋子的门脸。

裘德考对看门的人做了一个手势，就把我们带了进去。一进去，我就闻到一股无比刺鼻的药味儿。

地上有一盏油灯，我看到油灯下，一团面粉袋一样的东西正躺在草席上，边上有一个医生一样戴着眼镜的人。

"怎么样？"裘德考问那个医生。

那个医生摇了摇头。我凑上去，不由得吸了口凉气——那草席上的一团"东西"，竟然也是个人。

但是，这真的是人吗？我看着这个"人"，有一种强烈的想作呕的感觉。他身上所有的地方，整块整块的皮肤都凹陷了下去，看着就像一只从里面开始腐烂的橘子，但是仔细看就能发现所有的凹陷处，皮肤下面似乎都包着一泡液体，乍一看去，这个人似乎已经腐烂了很久。

但他是活着的。我看着他的眼睛，他也正看着我，而他显然已经动不了了。

"怎么会这样？"潘子问。

"我派了七个人下去，只有他一个人出来，出来的时候还好好的，三天后开始发高烧，之后变成了这个样子。"裘德考面色铁青，"就是他带出了那把刀。他告诉我，他进入了石道的深处，在遇到带刀尸体的位置，他和其他人分开，其他人继续往里，他把刀带出来给我，结果继续深入的人再也没有回来。"

"他的身体是怎么回事？"

那个戴眼镜的医生摇头："不知道，我只能说，他的身体正在融

张家古楼里来的人

59

化成一种奇怪的液体，从内部开始。"说着，他用一支针管戳了一下那个人的手臂，凹陷处的皮肤立即就破了，一股黑色的液体从里面流了出来。

"你要问就快问吧。"裘德考说，"他的时间不多了。你可以问他问题，他无法回答，但是能用点头和摇头表示。"

我凑近那个人，问他："你别害怕，回答了这些问题，我也许可以救你，但你一定要如实回答我。你是从一具尸体上找到这把刀的？"

他的表情没有任何变化，但缓缓点了点头。我又问道："这个人的手指是不是特别长？"

他看着我，没有反应。

我看了一眼裘德考，裘德考也没有反应。潘子说道："他也许没注意那个人的手呢。你问问其他特征。"

我想了想，问道："那个人身上有没有文身？"

躺在草席上的人还是没有反应，但他还是看着我。我盯着他的眼睛，正搜索想要得到的答案，忽然，我发现这个人的眼神很奇怪。

刚才的一刹那，我忽然看到了一种熟悉的神色，从他眼睛里闪了过去。

这个人的眼神无比的绝望，我可以理解，所有人在这种情况下，肯定都不会有神采飞扬的眼神。但是在这绝望之中，我明明看到了一丝熟悉的感觉。

我抓不住这种感觉，但我可以肯定它很熟悉，我在某段时间里曾经看到过，而且印象很深刻。

是闷油瓶？我心说，难道他又戴上了人皮面具，在里面换掉裘德考的人，调包出来了？

肯定不是，这一定不是闷油瓶，他的眼神太有特点了，不可能只是让我觉得熟悉。而且，他们是裘德考的人，如果闷油瓶知道裘德考要下来，还知道裘德考会派这个人下来，他再做好人皮面具，然后调包出来,那闷油瓶得长八条腿才行。

为了保险起见,我还是去看了看这个人的手。这个人的手已经像一只充满了液体的橡胶手套,但没有发现手指奇长的现象。

我松了口气,就算真是闷油瓶,这种衰样肯定也cos(扮演)不出来。更不可能是胖子,胖子的眼神不仅能表示是或不是,唱《十八摸》都没问题。

我仔细一想,终于想到了答案。

这是我在大闹新月饭店之前和小花碰面的时候,小花看着我的眼神。

小花当时觉得我似曾相识,但是想不起来我是谁。

我看着那个人,他也死死地看着我。他一定在拼命回忆,难道他和小花一样,觉得我面熟?

我忽然觉得有些不妙,好像有不好的事情要发生,我立即快速追问:“回答我,那个人有没有文身?”

刚问完,那个人忽然睁大眼睛,似乎认出了我,挣扎着要起来。他的眼睛死死地盯着我,整个胸腔起伏,不停地发出已经不成人声的咆哮。

所有人都被他吓了一跳,看着他竭力以一种无比诡异的姿势爬了起来,医生想将他按倒都没有成功。他不停地挣扎,身上凹陷下去的地方破了好几处,黑色的脓血往外直流。

当我看着他站起来在我面前朝我咆哮的时候,我惊呆了。

我看到的是一个姿势无比诡异的人,他的体内好像完全融化了一样,两条胳臂死死地垂在身体两侧,身上凹陷的地方都破了,黑色的液体流满了全身。

但是我丝毫不觉得害怕,而是有另一股更可怕的感觉冲过我的全身。

我忽然意识到，之前似乎看到过这个样子的人，我见过眼前这种景象！

这种感觉如此强烈，以至于我看着那个人朝我走来却没有后退。我看着他的动作，冷汗冒了出来，接着，我就回忆起了两件事情。

第一件，是楚哥给我的那张奇怪的照片。那张照片里，在一扇屏风后，拍出了一个奇怪的影子。

另一件，是在阿贵家另一幢楼的二楼窗口，我也看到了一个和这个人姿态很像的影子。

难道，那两个奇怪的影子，原型就是这样的人？

这个人看着我，竭力叫着，想朝我扑过来，但是才动两下就摔倒在地，再也不能动了。我浑身冰冷地看着他，但很快就坚持不住了。

第十三章 ● 合作的提议

我几乎是逃一样地出了房子，几分钟后才从那恶心的场面中缓过来。

裘德考在我身后，给我递上一瓶啤酒，我喝了几口才镇定下来。

"有没有什么感想？"他问道。

我看着他，不知道他问的具体意思是什么。他道："中国人喜欢拐弯抹角，我多少染上了一点恶习，不好意思。我是问，想不想合作？"

"合作？"

"我的时间也不多了，接下来是你们的天下，我在这片土地上始终是外来者，得不到这片土地的垂青。合作一直是我的选择，你可以考虑考虑我的提议。"裘德考说道。

"你不用说得冠冕堂皇，我明白你的意思。"我道，"你想要什么？"

"入内四小时的路程，我们已经全部探明了。但有一道门，无论使用什么方法，我们都突破不了。我可以把所有的资料都提供给你们。"裴德考说道，"只有一个条件——你必须带我的一个人进去。"

我心里盘算了一下。潘子看样子想拒绝，我马上拉住潘子："等一下，我觉得可以接受。"

"三爷，他们都是乌合之众，他们能拿到的资料，我们更不在话下。这种条件对我们来说没有价值。"

"不一定。"我说道，"既然裴先生之前说，从来不做做不成的交易，他肯定对自己的条件很有信心，他说的资料，应该和我们想的不同。"

裴德考点头："我的想法并没有那么简单。我之所以要提出这个合作，是不希望你们多有不必要的牺牲。如果没有这份资料，在这四小时的路途上，你们至少要死一个人。"

"那是你们没用。"潘子道。

裴德考笑了，然后摇头说道："也罢，反正我说什么你们都不会信，你们要自己进去了才知道，这张家古楼到底是一个什么样的地方。我在这里准备四具棺材，等着你们重新坐下来谈。"

谈话不欢而散。潘子给我使了眼色，其实我挺想合作的，但是潘子说得也有道理，我只得点头道："那我们到时候再说，裴先生请便吧。"

我和潘子坐在溪水边上，琢磨刚才老不死的老外讲的话和我们看到的东西。潘子说道："看来，这张家古楼里头极其诡异。我原来以为我们在外面这一通折腾，裴德考他们能进到楼里，没想到，这么多天，他们死了那么多人，连楼在哪里都没找到。"

"能确定这座古楼一定在山里吗？"我问道。

"十万大山自古传说就多，唯独这里有明代大火的传说，近代又发生了很多事情，这近一百年里，不知有多少人进到这座偏僻的山村。这些人肯定是有目的的，一定有大量的线索指向张家古楼就在这些山里。不过我看你刚才魂不守舍，差点就穿帮了。你刚才是不是想到了什么？”

我看向黑暗中的远方——那里是巨大的无人区，深山老林。

我点上烟，把我刚才看到的那可怕的病人，和我之前在阿贵家和楚哥照片上看到的影子对应了一下，便对潘子讲道："这事情肯定不是巧合。我觉得有一种可能性，那个影子和我们刚才看到的那个人，可能是同一种性质的。"

"你详细说说。"潘子显然没有领悟。

我道："我们不知道那个人在石道中遭遇到了什么，但是，我们假设这一次他能侥幸活下来，他的身体会变成什么样子，你应该能想象出来。"

潘子点头。刚才那个人站起来，身体基本上融化了，整个人无比诡异，这种畸形是绝对不可能治愈的。

我道："楚哥给我的照片上和我之前在阿贵家二楼看到的那个奇怪的影子，和刚才那个人站起来的姿态太像了。我相信，在这个村子里，有一个人遭遇了和刚才那人一样的事故，但是他活了下来，变成了畸形。"我抽了口烟，闷了一下气，想到了更多，"这个人，很可能是二十年前考古队里的人。"

潘子没作声，我跟他说过我在巴乃经历过的事，但他未必全都懂，其实我只是在整理给我自己听而已。

"假设，当年的考古队进入深山，不管是调包前还是调包后的考古队，在那座深山湖的湖边上进行了考古活动，以当时那支队伍用的时间和规模，一定会有所发现。他们也许进入了那个洞穴，之后遇到了变故，有些人死了，有些人活了下来，还有些人失踪了。接着，这支队伍中出来的人离开了这里，可有一个他们认为中了机关必死的人竟自己爬出了洞穴，他苟延残喘地活了下来，并回到村子里住了下去。"我道，"这个人一住就是几十年。他知道很多秘密，不敢再回到村子外面的世界去。他以为他会在这个村子里终老，结果，让他想象不到的是，那件事情并没有结束，几十年后，以前那支考古队的'意识继承者'又在这个村子里出现了。"

"这是你自己编出来的吧？"潘子道，"那楚哥给你的那张照片你怎么解释？"

"那张照片中的背景是格尔木的疗养院，那个古怪的影子就在屏风后面，小哥也是在这个村里被发现的，时间上都在一条线上。虽然我不清楚他们之间的具体关系，但是，在这个小小的村子里显然有着比我能想象到的还要多的秘密。"我道。

潘子道："那今晚你也别睡了，我们去问问阿贵到底是怎么回事，去他家二楼看看，把那个影子找出来。"

我摇了摇头："不用了。"我想起了之前闷油瓶"故居"的大火。虽然当时二叔对我闪烁其词，听意思似乎是他放的火，但是二叔毕竟没有亲口承认。我觉得，之前住在闷油瓶"故居"里的很有可能就是这个人。他以为不可能有事了，结果我们出现后，他以为事情还没有结束，因此立即烧了房子，把一切都毁掉了。

所以我们在阿贵家的二楼不会发现什么东西。这个人不是一个可怜虫，这么多年了，他仍然表现出了一种极高的警惕性和执行能力。

为什么？

在裘德考出现在这里的这段时间，他肯定已经把所有的蛛丝马迹都抹掉了，而且现在这个时候，他肯定不会在村子里待着。

要是我的话，我一定会藏在深山之中，在裘德考的营地附近活动。

"你说当年他们有没有找到张家古楼？"潘子问道，"他们最后带走的那些铁块一样的东西，不会是从张家古楼里弄出来的吗？"

我摇头。现在我还不知道这个人的立场，但是他所有的举动说明了他并不想以前的事情被暴露。我虽然不知道他是不想暴露自己，还是不想暴露所有的一切，不过我有一种很不祥的预感。

这种预感也许和闷油瓶的房子被烧掉有关系。我只差一点点就能看到那些照片了，但一时疏忽，被人阴了一把。

"潘子，队伍不休整，能出发吗？"我问潘子道。

"可以，这些人都是我挑出来的，三天不睡都能扛得住。"潘子道，"怎么？你有什么想法？"

"我们要立即进山，我觉得可能会出事。"我道，"告诉他们，到山里再休整，明天晚上之前，我们必须赶到湖边。"

我突然的决定，让所有人都措手不及，幸好三叔的威慑力在这里，大家在一种奇怪的气氛下，开始收拾已经打开的包袱，连夜让阿贵准备狗和骡子，向山中进发。

即使如此，等搞来骡子正式出发，也快到凌晨三点了。山林的黑夜蚊虫满地，我无比疲惫，同时心中饱受内火的煎熬，明知道可能是白着急一场，但还是忍不住地焦虑。

一路上，我走在队伍的前方，紧紧地跟在阿贵后面。阿贵带着三条狗开道，后面潘子和几个伙计赶着骡子，拉开了很长的距离。

一直走到天亮，我们才休息了一下，布下第一个供应点，沿途都做了记号。走过茂密的树冠之后，我们看到了不远处有裴德考的队伍，都是蓝色的大帐篷，我们没有理会，继续往前走。

一路无话，到达妖湖边上的时候，已经是第二天的傍晚。太阳只剩下一个尾巴，平静的湖面上只倒映出一丝迷蒙的光，显得无比暗淡。

在一边的湖滩上，篝火通明，一连串红色的火光映出了一片让人难以置信的情景。

到处都是篝火，到处都在烧饭，乱石之间有很多临时搭建的窝棚，上面盖着茅草。足有二三十号人，骡子、狗，甚至有鸭子，混在这些人当中。

录音机在播放音乐，啤酒罐、可乐罐散落在石头缝隙里。

火光下，那些三三两两的人打牌的打牌、发呆的发呆、喝酒的喝酒，一幅悠闲无比的现代田园诗景象。

"石头滩上老板们在睡袋里躺不下去，所以搭了窝棚。鸭子是养来吃的，一只一只带进来太麻烦了，各家各户抓了十几只，先在湖里养着，反正鸭子离了湖也跑不了。"阿贵说，"过几天我还得从外面搞些躺椅进来，有老板要什么日什么澡？"

"日光浴。"小花在后面道，拍了一下我，"干这一行的，天生都喜欢及时行乐。"

我看着一边有一男一女两个老外，正坐在湖滩边的一块大石上接吻，不由得长叹了一声。

没有人理会我们，我们走进他们宿营地的时候，所有人看向我们，都是一副漠不关心的表情。潘子路过一处堆放着啤酒箱的地方，顺手甩了几罐给我们，也没有人抗议。

"看来把我们当自己人了。"潘子道，"裘德考也不靠谱，连个放哨的都没有。"

"也不是没有，人家是艺高人胆大。"小花喝了一口啤酒，看着一个地方指了一下。我转头看去，就看到石滩外树林中的一棵树上有一点火星，似乎有人在上面抽烟。

"就一个？"

"就一个。"小花道，"估计手里有家伙，眼神好。"

"咱们离他们远点。"潘子道，"乌烟瘴气的，人多眼杂。"他指了指湖的另一边，那边是一团漆黑。

我们走过去，所有人都无比疲惫，纷纷放下行李躺倒在地，潘子一路踢过去，让他们起来去砍来了柴火。

第十四章 ● 湖怪

　　我同秀秀坐皮筏先去了湖中。

　　我们很快就乘着皮筏来到了湖中心，秀秀绑着安全绳先下了湖。在湖上，我们的远处还有几艘裴德考的皮筏船，岸的一边灯火通明，能听到各种奇怪的声音，俨如泰国的芭堤雅。那些嘈杂的世俗声音，经过风和水面的过滤，在远远的湖中心听起来，却有一种浮世空灵的清静感。

　　这种感觉很是奇妙，可能是因为湖中心是安静的，远处的声音被风吹成碎片，裹进耳朵里，似乎是另一个世界飘来的絮语。

　　天上下着毛毛细雨，在昏黄的风灯下，能看到牛毛一般的雨丝。风灯照亮的湖水是深黑色的，有着浅浅的波浪，船身在波浪中轻轻地晃动。其他几艘船都离我们很远，远远看去，有如漂浮在水上的孤灯。

　　我看着绑着秀秀的安全绳绷得很紧，一边看着时间，一边享受着奇异的感觉。这个时候如果大家都平安就好了，那我就能什么心思都没有地在船上看美女游泳，开几瓶啤酒躺在船上发呆，听着雨声、风声和人声。

想了想我又否定了自己的这种想法。那种悠闲的时候，自己肯定没心思去享受这些，肯定又会想着搞点刺激的。男人都是贱货。

正发着呆呢，忽然一边的定时器响了，我看向湖面，便去拉安全绳——秀秀应该要上来了。

可拉了一下，我发现安全绳松了。我用力提了几下，完全不着力。我心中一惊，难道秀秀身上的安全绳断掉了？

就在我想着秀秀是不是出了什么事情的时候，忽然就听到身后传来一声"喂"。

我急忙转头一看，就看到秀秀正趴在船舷上，身上的潜水设备已经挂在船边上，正笑看着我。湿润的头发贴在她的皮肤上，脸在黑色湖水的映衬下显得特别特别白，白得让人无法移开视线。

我松了口气，就道："要被你吓死了。怎么回事？安全绳怎么断了？"

她道："我上来看你在发呆，就吓唬吓唬你呗。"

我走过去拉她，她却一下游开了，划拉着湖水，看着我，慢慢地对我道："我还不想上船，你要不要下来陪我游一会儿？"

我苦笑，这丫头的性格真是古怪，便回道："我们再不回去，他们该担心了。"

"我如果怕人担心，就不会出现在这儿了。"她像一条美人鱼一样，在水里又侧着贴近了船舷，"来吧，吴邪哥哥，陪我游一会儿。"

我看着她白嫩的皮肤和纤细的身体在水中舒展，真有跳下去和她一起游的冲动，可是现在实在没有这个心情。我摆手道："那你就再游一会儿，我在这儿等你。"

她看我无奈的样子，咯咯一笑，一下一个翻身入水，再出水的时候，已经离船很远了。只听得她叫了一声："这么无趣，真的会变成大叔的哦。"

我看着不由得苦笑，点了支烟抽着。

漂亮可爱的女孩总是让人心旷神怡，我此时也稍微安下了心。就在这个时候，我忽然发现湖面上有些地方似乎和之前不同了。

远处裘德考的几艘船中，有一艘离我比较近的船上灯不亮了，那个方向现在一片漆黑。

回岸上了吗？我略微有些诧异。不可能啊，几分钟前还能看到。

也许是鬼佬在船上开始乱搞了，关灯不让别人看见。我心说，人家就是不一样，到哪儿都是按自己的想法来，什么也不在乎。正想着，忽然就听到远处裘德考的另一艘船那边，传来了几声惊叫声。

我站起来转头看去，就看到另一边船上的灯光也立即熄灭了，风声中传来了一连串的尖叫，接着我就听到了什么东西落水的声音。

我心中觉得不对，立即对湖面大叫"秀秀回来"，一边打开船上的探灯，朝那个方向照去，一边拿起对讲机，对岸上的小花呼叫。

一直没有人接上头，我一边等着，一边摇动探灯，在水面上照来照去，看到刚才船停留的方向那边什么都没有。

"秀秀！"我大吼了一声，吼完忽然就看到探灯照到的水面上出现了一道水痕，似乎有什么巨大的东西从水里漂过。

那东西离我的船其实还很远，但是我的后背汗毛已经竖起来了。我一边对着对讲机大叫，一边开始找船桨，之后继续对着湖面大叫秀秀。

也不知道是我的心理作用还是其他原因，我觉得我叫了很长时间，但是秀秀一直没有回应我。我也知道在水中游泳，耳朵贴在水面一般只能听到水的声音。正心急如焚时，忽然，我就感觉船非常诡异地晃了一下，好像有什么东西从船底游了过去。

"秀秀？"我立即转身，提起风灯看船后，我一下就愣住了。

我竟然看到船后漆黑一片的湖水中出现了其他颜色。

在湖面下最多一掌深的地方，潜着一个庞然大物。

那东西是浅色的，至少在探灯的照射下是浅色的，但是上面有几十个黑色的斑点，让人一眼看去就觉得那是一个从水下探上来的巨大的莲蓬。

这是什么东西？

我惊惧，又感到莫名其妙。这么多次潜水，我们从来没有看到过这东西，这湖说到底又不是尼斯湖，怎么会有这么大的东西在里面？

我举起船桨，小心翼翼地探头过去，就看到那东西的颜色一暗，似乎又沉了下去。我脑子已经蒙了，也不敢再叫，只看到那水下的暗影很快就就从我的船底下穿过，到了船的另一边，再次贴近了湖面。

我看到它上面的黑点更大了，我的经验告诉我，现在必须关灯。不管秀秀现在怎么样，她看不到灯光，直接往岸边游去是最保险的。否则，无论是谁，现在在水里恐怕都不会有什么好结果。

我小心翼翼地退到探灯边上，手哆哆嗦嗦地去摸那个开关。啪的一声，探灯熄灭，水面立即变成漆黑一片，什么都看不见了，除了风灯照出的船舷边缘的一块。

不过，就在我惊恐万分觉得要完蛋的时候，对讲机响了——秀秀已经上岸了。

我心有余悸，立即回航，忽然对这里的水域有了非常不祥的预感。

第二天，我带着小花和潘子去找当时我被二叔救出来的地方。

二叔的人已经全部撤走了，我并不太记得那个地方在哪里，只是根据记忆在树林里搜索，很快我便发现了被人伪装过的入口。

我淡然地翻开那些伪装一看，却发现那一条裂缝和我当时看到的完全不同。它变得非常细小，只能通过一只手，里面虽然深不见底，但绝对不可能通过一个人。

小花比画了一下，就失笑，问我道："你以前是一只蟑螂？"

"这个玩笑一点儿也不好笑。"我没空理他。把那些伪装全扒开后，我发现再也没有其他缝隙了。

"怎么回事？"我喃喃自语，"这山的裂缝愈合了？"

"有可能，但是可能性不大。"小花道，"也许是你说的岩层里的那种东西在搞鬼。"他抓了一把缝隙边缘的碎石闻了闻，似乎也没有头绪。

接着他拿出样式雷，对比了一下山势，道："别管了，这个地方和样式雷标示的入口完全不在同一个地方。看来这山里的情况很复杂，很可能这里所有的裂缝都是通的。"他指了指湖的另一边临着山的地方，"正门入口应该在那边——我靠！"

我被他吓了一跳，低头一看，只见小花的手电照到的岩石裂缝中，竟然有一只眼睛死死地瞪着我们。

我几乎摔翻在地上，顿时一只满是血污的手从缝隙里伸了出来，一下子抓住了我的脚。

我吓得大叫，猛踢那只手，就看到那只手在不停地拍打着地面，从缝隙里传来无比含混的声音。

我愣了几秒，忽然意识到那声音很熟悉。我看着那手，听着那声音，瞬间反应了过来：是胖子！这是胖子！

他怎么被卡在这里？

我又惊又喜，立即就朝边上大叫："快来人，把这石缝撬开！里面是自己人！"

湖怪

第十五章 ● 缝隙里的胖子

小花立即打了一个呼哨："拿铁锹！"哗啦一声，几个小伙子就扯开背包，拿出家伙冲了过来，动作非常麻利，显然被潘子训练得非常好。

这些人靠近一看就都知道是怎么回事了。我戴着面具，身份所限，不便动手，只能在边上看着。他们在小花的指挥下，立即用铁锹和石工锤去撬开那道缝隙。

很快我就发现，虽然那道缝隙四周石头的颜色看上去和山石完全一样，但硬度上要差很多，撬了几下，裂缝口子周围一圈的石头就全裂了。他们用手把碎石拨弄到一边，裂缝很快就变回了当时我爬出时的宽度，之后再想把那道口子弄大就变得无比困难了。

我心中惊讶，眼前的景象是一种掩饰的手段，在缝隙口子上是一圈伤口愈合般长出来的岩石。其实那根本不是石头，而是一种比石头更软的物质。但这种物质看上去和石头完全一样，连纹理都几乎一致。

我没时间细细琢磨，胖子就从里面被拖了出来，一股极其难闻的气味也瞬间扑鼻而来。拖他的时候，他一动不动，似乎完全失去了知觉。

胖子比上一次我见到他的时候瘦了起码一圈，看上去甚至有了点腰身。他浑身都是深绿色的污泥，眼睛睁得死大死大，像是死了一样。我上去一摸他的脉搏，幸好跳得还很强劲。

几个人手忙脚乱地把他抬到湖边空气流通好的地方。胖子极重，好几次有几个力气小点的人都抓不住了，使他摔趴在了地上，看得让人揪心。

一直拖到湖边，打上汽灯，我才完全看清楚胖子的狼狈样。胖子本身就不好看，最正经的样子就已经很邋遢，但现在看来，他简直像是刚从棺材里挖出来的粽子，身上的衣服都烂成片条了，满身都是绿色的污泥。小花从湖中打来水给他冲身子，露出的皮肤上全是鸡蛋大小的烂疮。

"我靠，这是头病猪啊。"有个伙计轻声道。

"他死了没有？怎么不动？"有人拍胖子的脸，被我拉住了。小花这时叫会看病的人过来给胖子检查。

我看到那个哑姐走了过来。她看了我一眼，扎起头发就俯身给胖子检查。我此时也顾不上避嫌了，硬着头皮在边上看着。在面具里，我的头筋直跳，好在他们看不到。

哑姐把胖子的衣服剪开，剪到一半，我们都看到了惊人的一幕：胖子的肚皮上，全是深深划出的无数道血印了。

虽然看上去不着章法，但我还是一眼就看出，这些印子有某种非常明显的规律。哑姐用湿毛巾细细地给胖子擦掉血污，寻找比较致命的伤口。我看着血污被擦掉，发现显露出的血痕极其精细，一道一道地在他肚子上形成了一种图腾一样的纹路。

"这是不是字啊？"有人说道，"这个胖子的肚子上，写了几个字哎。"哑姐继续检查，胖子肚子上的划痕还有更多被衣服遮住了。这些衣服都已经不能要了，她一路全部剪开，我果然就看到他的下腹部还有更多的划痕，整个纹路的外轮廓确实像是文字。

这种划痕应该是用尖利的物体使用适中的力气在皮肤上划过造成的。

我拿起胖子的手，果然就看到他的手指上，大拇指的指甲被咬出了一个尖利的三角形。

看样子，这些划痕是胖子自己划上去的。虽然胖子本身很浑，但是要在自己的肚子上用指甲划上那么多道，也不是普通人能干的事情。他想表达什么呢？

最早的部分划痕已经结痂了，而最新的还带着血迹。显然所有的笔画划的时间跨度很长，第一笔划到肚子上的时间最起码是七八天之前了。

我想着就对小花道："我们站起来也许能看明白写的是什么，把衣服摆到一边去。"

说着我们都退后了几步，顺着胖子转了几个方向去看那几道划痕。我斜着脑袋，也还是看不明白。

"把他的衣服翻一翻，看看有什么东西。"我对四周的人吩咐道。也许他的衣服里会有什么提示。

几个人手忙脚乱，把剪下来的破衣服展平了找，此时哑姐却开口了："要找离远点找，别在这儿碍事。"

我这才意识到，胖子本人还不知道怎么样呢，便立即挥手让他们退开，小花带着人忙往边上走。

我担心胖子，压着声音问哑姐："他有危险吗？"

哑姐按住胖子的脖子没回答我，我以为她在数脉搏，不敢再问。她放开手，却说道："你终于肯和我说话了？"

我靠，我心里噙的一声，心说这话该怎么接啊？我又担心胖子，不想转身逃走。

我脑子里闪了一下，想着以三叔的性格，他会怎么来接这种话。我知道他吃喝嫖赌的时候是什么样子，不过我不知道他对这姑娘到底是什么感情，也不知道他私下和女人是什么样子的。

我憋了半天没回答，她翻动胖子的眼皮，没看我，但还是继续说道："你这段时间到底干什么去了我不管，只有那些白痴才信你的话，我相信你做事有你的理由。但是你回来了，为什么不第一时间来找我？"

"王八邱和老六……"我搪塞了一下。

"他们要反你又不是一天两天了。"哑姐说道，"我不能帮你的忙吗？除了那个疯潘，你真的谁也不信是吧？"

"这一次我不想让你参与。"我腿都有点打哆嗦了，没想到骗一个女人压力那么大。我立即点上一支烟，还没抽上，她转身一下就把烟抢了，在石头上掐掉。"既然喉咙动了手术，就别抽那么多烟。"

我干笑了一声，这哪是情妇，这分明是正宫娘娘的范儿。不过我自己倒是觉得挺好的，三叔如果还活着，他确实需要人照顾。不过，我又觉得好像没什么用，而且三叔还生死未卜。

"你还没给我解释。"她摸着胖子的骨骼道。

"事情有一些复杂……"我想着要怎么说。如果我和她说实话，我算是她侄子，她能答应站在我这一边吗？很难说，我觉得她连相信我都很困难，我和三叔这几年经历的事情，毕竟不是一般人能相信的。如果她认为这是一个阴谋，我们就更麻烦。"我觉得你……"

话还没说完，不知道她按到了胖子的什么地方，忽然胖子就一下抓住了她的手，她被吓了一跳，惊呼了一声。

胖子用的力气显然极大，她挣脱不开，就听胖子几乎抽搐地开始说胡话。

他的发音已经极其含混了。我上去按住他的手，把他的手从哑姐手腕上拉开，俯身去听他说话。听了好久，才分辨出来他在说什么。一股燥热一下就使我全身的汗毛都竖了起来。

周围的人一听到动静，以为出事了，全围了过来。

"他说什么了？"小花拿了医药包过来，问我道。

我道："他说他们还活着，但是情况很危险，让我们马上下去救他们。"

"他们活着，循图救人！"

其实胖子说的是这八个字。他不停地说着，几乎听不清楚，必须是十分熟悉他讲话腔调的人才能听得明白。万幸的是，我就是那种人。

一刹那，我忽然有一股虚脱的感觉。

胖子把自己当成了一张字条，他丫是出来报信的。

我说不出自己此时是欣慰、焦急、狂喜，还是有其他什么情绪。之前我对于下面的人的状况一直是隐隐担心，尽量努力不去想，因为我实在不知道下面会是什么情况。如今一下坐实了，却不知道该用什么情绪来表达了。

胖子还是在不停地说着，整个人进入了一种癫狂状态，我只好俯下身子，在胖子的耳边，用我自己的声音轻声说道："我是天真，我听到了。"

说了几遍，他抓住我手腕的手慢慢就放松了下来，整个人慢慢瘫软，又陷入了似乎是昏迷的状态。

"什么图？"小花看向胖子的肚子，"是他肚子上的图吗？"

我点头，现在知道是什么东西了："快找人把这些图案都描下来。"

第十六章 · 胖子肚子上的神秘图形

我们把胖子肚子上的图案描了下来，花了将近两小时的时间，可见图案有多复杂。

哑姐检查了半天，也查不出胖子到底是什么毛病。胖子所有的体征都是正常的，身上除了自己划的那些划痕，只有一些擦伤和瘀伤，非常轻微。用潘子的话来说，他自己和姝头从床上下来都比这严重得多。

但是胖子就是不醒，眼睛睁得死大，像死不瞑目一样，人怎么打都没用，完全没有反应。我们费了好大的劲才把胖子的眼睛合上。

因为很多人在，哑姐没有和我再说什么。我松了一口气，但是也已经知道，她这一关，现在不过迟早要过，撑不了多久了。

小花也懂一点医学方面的东西，和哑姐讨论了一些可能性，都被否了。"植物人也不过如此。"哑姐道，"我们现在没有仪器，没法测试他是否有脑损伤。但他现在好像是处于一种植物人的状态。"

我看着胖子身上的这些笔画，心中无限感慨。

从他肚子上那么多血痕来看，这石缝里面的通道一定极其复杂，他用脑子完全记不住，所以只能选择这种自残的方式，将路线记录在自己的身上。

"植物人，什么植物？巨型何首乌。"皮包在边上笑，"这个吃了不成仙就撑死。"

潘子道："这是三爷的朋友，说话规矩点儿。"

"哟，三爷您随便从地里一刨，就能刨出个朋友来，不愧是三爷。"皮包道。刚说完，他就被潘子一个巴掌拍翻在地。

我没心思看潘子教训手下，问哑姐："还有没有其他可能性？"

哑姐道："现在的问题是可能性太多。他现在处于深度睡眠状态，深度昏迷就可能是脑损伤，但是他头部没有外伤，所以也可能是窒息导致的。最好的情况就是他过段时间自己醒，如果他一直不醒，那只能送他出去，到大医院去。"

正说着，一边的胖子忽然就翻了个身，哑了哑嘴，挠了挠自己的裆部和屁股，喃喃道："小翠，你躲什么啊？"

哑姐愣住了，看了看我。我也没反应过来，隔了好久，我才问道："植物人会有这样的举动吗？"

哑姐摇了摇头，忽然就笑了，一边笑一边扶额。我忽然明白了是怎么回事，不由得也笑了起来。想着我就要上去摇胖子，可被哑姐拦住了。

"让他睡会儿。"哑姐道，"如果是刚才那种打也打不醒的睡法，说明他可能很久很久没有睡过了。"

哑姐留下来照顾胖子，我和潘子走出帐篷，立即去找小花商量对策。小花正在和其他人交代什么，我让他和潘子到我的帐篷里来。

一进帐篷，我就掩饰不住自己的情绪了，对他们道："我们现在必须马上下去！"

"别急。"小花道，"越是这种情况，越急不来，必须把事情分析透了，才能决定该怎么做。"

"要多少时间？"我道，"不如我们边下去边商量。"

小花按住我的肩膀，指了指帐篷外面，轻声道："我知道你很急，但是我们准备东西也需要时间。"

潘子道："小三爷，我们是下去救人，必须准备妥当，否则不仅救不了他们，还可能把自己也搭上。"

我知道他们说得有理，只好焦虑地坐下。小花指了指外面："我们出去商量。对于这群新伙计，如果我们在帐篷里自己商量，他们心里会起疑的。"

我心里叹气，跟着他们出去。入夜后，这深山中的诡异妖湖上反而明亮起来，月光苍白地洒在湖面上，能看到对面的悬崖。乍然升起的明亮有一种妖异之感，反而使我们看不清石滩另一边裘德考队伍里的情况。

小花把其他人叫过来，把样式雷和胖子肚子上的路线图全部摊在帐篷的防水布上。从样式雷和胖子肚子上的路线图对比可以看到，两者完全没有共通之处。根据胖子路线图上的路线可以推断，这座山的岩层里有非常复杂的自然裂缝体系，犹如蜘蛛网一般，其中有一条似乎通往闷油瓶他们所在的区域。而闷油瓶他们是从样式雷标示的路线进入的，也就是说，这些裂缝在山体岩石中，和样式雷标示的路线是相通的。

我不知道胖子是靠什么在这么多裂缝岔路中找到正确路线的，也许是他的运气好，或者是他一条一条地试探出来的。但是显然，通过这一条裂缝回去寻找闷油瓶他们，是目前最好的选择。

这就意味着，我又要进入到那压抑狭窄的空间内。我曾经不止一次发誓，绝对不会再让自己进入到那种境地中去，但是命运的玩笑一次次地告诉我什么叫身不由己。

小花道："有几点也是必须要考虑的。比如说，胖子到底被困在那缝隙里多久了？看样子有可能困了好几天了，那说不定在他刚刚被困住的时候，底下的人还活着，但是现在已经遇难了。他刚被救起的时候，神志混乱，让我们去救，但也许已经来不及了。"

"这一点如果胖子不醒过来自己和我们说，我们的考虑就没有意义。"我道。

"对，不管怎么说，我们得当成下面的人还活着去应对一切。"潘子道，"如果他能醒最好，不能醒我们还是得下去。生要见人，死要见尸。"

我想起闷油瓶的古刀，心里不是滋味："但是我们不能无限期地等下去，你们现在就去准备，五小时之后，我就去把他叫醒，问出消息后立即出发，如果问不出来，我们也必须出发了。"

潘子和小花对看了一眼，显然有些犹豫。我道："不能浪费胖子给我们带来的信息。"

潘子点起一支烟，点了点头，对身边的几个伙计说道："好，一切听三爷的。你们分头准备，五小时的时间。"

那几个小鬼都很兴奋，立即点头，小花带着他们分头走开了。潘子又看了我一眼，似乎有什么话欲言又止。

"怎么了？"我问道。

潘子轻声道："小三爷，这些孩子都是苦出身，我们在考虑事情的时候，要给他们留点余地。他们并不是炮灰，他们也都是人命。"

我看着潘子，忽然心中就涌起一股奇怪的感觉，一时之间没有反应过来。潘子递给我一支烟："五小时后，我和花儿爷带一半的人下去，秀秀和皮包留在上面，如果我们出事，好歹还有一次机会。"

我点头，立即就想先回去收拾装备，没想到潘子一把抓住了我："等下，你不能下去。"

"为什么？"我一下就急了，"要我在上面等，我宁可下去。要不这样，我和你下去，小花留在上面。"

"我们没有其他办法，这是必需的措施。"潘子指了指我的脸，"你现在是三爷，你在就有希望，如果你出事了，那就真的完了。如果三爷都死了，你说这儿谁还会理我们？"

我愣了一下，知道他说得很有道理。

"小三爷，既然选择了这条路，就好好走吧。"潘子凑过来轻声道。他给我点上烟，然后站起来对其他人大吼道："三爷说快点，别磨磨蹭蹭的，想不想发财了！五小时后还没准备好的，就留在上面喝西北风！"

第十七章 · 少年盗墓贼皮包

　　皮包真的是个小鬼，年纪太小了，其他人准备的时候，他就在湖边打水漂玩儿。潘子说："这一行的人都有自己的装备，他不用下去，自然不用整理。而且这行人嚣张的必有绝活，因为没绝活的基本嚣张一次就挂了。"

　　小花的东西显然整理得非常好，他一直在研究"肚皮路线图"。我看着潘子到处去忙，想起他的那些话，心里很不是滋味。

　　潘子那是一种指责，虽然我听了有些不舒服，但是我知道他是对的。一个真正的领导者，必须平等地考虑所有人。

　　但是，我并不是一个真正的领导者，我只是一个冒牌货。当时我想反驳他，但是，他对我说的最后一句话让我明白了，我是一个内心懦弱的人。

　　确实，这条路是我自己选的，我没法用任何事做借口。此时此刻再也没有人会在我急切地说"我们快点下去"的时候说"不对，现在还不是时候"，唯一能说这句话的三叔已经不在了，而我代替了他的位置。

我的脑海里浮现出很多三叔当年的样子，我忽然意识到，当三叔说着"不行"，或者冷着脸点头说"可以试试"的时候，他的内心绝不会轻松。我曾经觉得说那些话是那么简单，看来如果不自己经历一番，很多东西是不可能真切体会到的。

很快，小花开始做动员了，我看到他招手让准备下地的人聚拢过去。

在夹喇嘛的过程中，所有最核心的信息，都是在下地之前才会透露给喇嘛们，铁筷子用这种方法防止黑吃黑，或者怕喇嘛们泄密给其他人。

小花是一个很有表演天赋的人，他显然没有我的那些烦恼。早在我还在享受简单生活的时候，他已经习惯了我刚才纠结的事情。我看着小花聊天似的和那些人布置着，轻松得犹如一场演出前的讲戏，我有些羡慕，又有些酸楚。

"这种不同，平常看不出来，但是你通过倒影来看，就十分明显了。"我走过去想听听，就听到他指向湖的对面如此道。

湖面四周的一切都笼罩在月光下。我仔细去看湖中的景色，只见四周的悬崖在倒影中反转了过来，能看到对面湖边一整圈的山势起伏不定。

"很神奇，这些山里面隐藏了一座极为罕见的古楼，可以说是张家古楼的群葬墓穴。这里风水相当特别，呈现出一种群仙抱月、吸风饮露的格局。你们看那边的山头，树木摇曳，但是湖面上平静如水，连一丝波澜都没有，说明这个地方，如果风吹入的方向不对，是碰不到湖面的。这种湖，在古书上记载，水里很可能是有龙的，湖边的山脉就是龙脊背，古楼修在龙脊里，那是敲骨吸髓，有点凶恶了。"

"龙肯定没有，我们之前潜下去的时候屁也没看到，不过娃娃鱼倒是有。"我道。其他人看我来了，立即让开一条路，都点头道："三爷好。"

我示意不用管我，小花继续道："古书上记载，有两种湖里很可能有龙，第一是深不见底、湖面太平静的；第二是无风起浪的，因为那是通着海的。其实，你们自己想想，湖面平静说明这个湖静谧，无风起浪说明湖底连通着地下河，这都是湖里有大鱼的因素。所谓的龙可能就是非常大的鱼。"

有个伙计问道："为什么凶恶？这里风水不好吗？"

"也不是不好，一般风水讲究卧居清远，大多雄居岭上，以山脉为依托，以水脉为灵息，以求长存永固。但是，如果这座古楼真的存在，并修在了龙脊背上，断了这风水脉，那就等于一个肿瘤。"

"你是说，这条龙脉……"

"很可能已经死了。"小花道，"所以难怪张家有迁坟的习惯。他们的群葬墓在龙脉上敲骨吸髓，吸光了龙气就换一条。"

"那为什么呢？这种格局有什么好处呢？"

小花摇头："没什么太多好处。要说好处，只有一个，但如果是那样，咱们就得打起十二分的精神。"他皱起眉头，转头问我："三爷，兄弟们现在退出还来得及吗？"

我对他这种奇怪的玩笑无语，他看我没什么反应，就失笑了。潘子道："花儿爷，你这玩笑到哪个字为止？前面半句是玩笑吗？兄弟们是为了发财来的，你可不能吓唬我们。"

所有人都哄然大笑，就在这个时候，皮包从湖边走了过来，对我们道："几位爷，刚才我打水漂的时候，一直在琢磨一件事，我觉得你们在下去之前，得考虑考虑我琢磨的这个问题，因为你们的推测可能是错的。"

我们愣了一下，小花就问道："哦，果然是高手，你想到什么了？"

皮包摊开他的手，手里全是用来打水漂的小石片，显然他说完后还想回去打。

"你们提出张家人有群葬的习惯，古墓不是封闭的，是开放式的，后人死后可以多次进入古墓安葬，对吧？"

我们点头，他道："那假设一下，张家古楼在山体之中，他们的古墓是多次使用的，家族死者都要葬入古墓之中。你想，这其实挺劳民伤财的，你大老远抬个棺材，从外面走山路进来，一次两次还行，但这近千年里张家总不会只死一两个人吧，这么大的家族，死个十来个总有吧。如果隔三岔五的，村子里老是出现神神秘秘的陌生人，那村子里肯定会留下什么传说。但是在外面的巴乃村，我们什么传说都没有听到，这有点说不过去，你们不觉得很奇怪吗？"

"你的意思是说，张家古楼是开放式古墓，死者归葬的推测是错误的？"有个伙计问道。

"不会，我们在四川明显地看到了开放式古墓的证据，这么精密的设计，肯定不会是闹着玩儿。所以，开放式古墓一定是对的。"小花道。

"我没说老板们是错的，我是说这件事情，很蹊跷。"

我不得不承认皮包说得很有道理，不由得对这小子刮目相看，难怪他是新生代里身价最高的一位。

"其实，未必是这样。"小花道，"也许历史上有一些传说，但是没有留存下来。因为这个村子所处的地方在历史上并不是一个太平之地，这里一直有战争发生，这个村子里的人，可能曾经被屠杀，已经死光，然后有其他地方的人重新填充进来。"

"即使如此，这个村子百年内总没有被屠杀过吧。从阿贵那一代到现在，最起码四代人了，这段时间内，按道理也应该有张家人进村入殓才对。"

我们都皱起了眉头。这确实比较奇怪，我琢磨着确实如此。难道张家人在这四代的时间里已经完全没落了，还是说没有人死亡？

　　"我们并不是什么传说都没有听到，巴乃村还是有传说的。而且最近的一个传说，年代还非常近，我们一直在讨论这个。"沉默了半晌，小花忽然道。

　　"是什么？"

　　"带着铁块的考古队，"小花道，"就是一个'传说'。"

　　我一开始不明白，但是随即就冒出了冷汗。我摸了摸自己的脸："有意思。难道是这样？"

　　潘子不明白："两位爷，我读的书少，别打哑谜行不行？"

　　我对潘子道："我们之前最熟悉的巴乃的传说，就是考古队的事情。这里有一个心理误区，结合小花说的奇怪的地方，那考古队的事情就完全可以有另外一个思考方向了。"

"请三爷赐教！"

"我说得简单一点。张家是个大家族，必然生活在巴乃村外，很可能是外省，如果张家有人逝世，那么归葬的习俗会让他们来到巴乃村，巴乃村里势必会有外人出现。这里有两个可能性，一个是外人的数量很少，尸体被偷偷地包裹着；另一个是棺材或者尸体非常沉重，外人的数量相对较多，甚至是一支送殡的队伍。"我点上一支烟，"前一种可能性不大，在这深山之中往返需要大量的物资，两三个人背一具尸体进山是不现实的，而第二种可能性的所有特征，和考古队的出现太像了。"

潘子一拍大腿，也明白了。

"我的娘亲，你是说，那根本不是考古队！我靠，当年的考古队是到张家古楼来送葬的张家族人？"

我点头："考古队这个名字在我们的脑子里先入为主了，我们一直认为是考古队就必须挖点什么出去。但是，也许他们到这里来，根本不是要挖什么东西出来。"

小花点头："他们是在送葬。"

"可是，霍玲也在其中啊。"我道，"难道她是张家人吗？"

"不不不，我们从头想起，结合所有的资料。"小花道，"我们知道，那支考古队受人胁迫，国外势力。"

我道："有个人告诉过我，操办人是一个假死的中国人，已经有了外国的国籍。"

小花继续道："我们一开始都认为，他们是在这里寻找张家古楼，并且从里面拿取什么东西。唯一的线索，就是那些铁块。"

我道："现在我们都知道了，他们可能不是要拿东西出来，而是要送东西进去。他们是在送殡，而送殡的队伍中有霍玲，霍玲并不姓张，但是，大家族出殡，还是会有很多异姓族人的。"

我和小花同时沉默了。我脑子忽然就有点僵硬，那不是思维混乱，而是思维极度清晰的僵硬。

隔了好久，潘子才说道："操他们奶奶的，这些我都没兴趣，我只想知道，如果你们的推测是真的，他们是把谁送进去了？"

我压下心中的惊讶，摇着头问小花道："'张'是天下第一大姓，难道是张大佛爷？"

"不可用这个作为推论。在那个时代，改个名字太容易了，老九门的每个人，至少就有十个化名。他们那批人最后的名字几乎都不是原名。"小花道，"另外，还有一种非常大的可能性，就是'鸠占鹊巢'。被送进去的主，很可能不是张家的后人，可能张家古楼有什么我们所不知道的诡异作用，所以他们把尸体送了进去，这也能从另一个方面解释刚才三爷的问题了。"

"你是说，为什么霍玲会在送葬的队伍里吗？"

"比起把一座古墓里的东西拿出来，把一具尸体送进去的难度可能更大。

"假设当年老九门的幕后势力也是考古队的幕后势力，那让霍玲的考古队把尸体送入张家古楼的很可能就是这个势力。一个是单纯的破坏，另外一个就好比是在螺蛳壳里做道场，后者对队伍的要求更高。霍玲出现在这里，并不稀奇。"

我摸了摸头上的汗，心说这真是我完全没有料到的状况。

"当然，我们现在只是推测，真相到底如何，要进到里面才能确定。"小花道，"无论是什么真相，显然都和我们的上一辈有关系。我忽然有点明白为什么我们的上辈中会有那么多人忽然想要洗底，放弃如此大的盘业不要，宁可让自己的子孙做个小本生意，也不愿让他们再涉足这个行业。他们被胁迫太久，太痛苦了。"

我知道他说的是我和老九门里的其他几家。我道："但是，不还是有很多家传承下来了吗？"

"传承下来的那几家，冷暖自知。"小花道，"比起我们这些陷在这个圈子里不可自拔的可怜虫，吴老爷能布这么一个局，把你们洗白，真不是一般人啊。虽然说我爷爷解九爷在才智上一直是老九门里公认的奇才，但是在魄力上，还真是不如狗五。"

真的是这样吗？我听小花说着，脑子里忽然闪过一些灵感。

我有很多事情并没有对小花他们说，他们并不知道解连环和我三叔之间发生的那么多事情。小花说我爷爷故意洗白，我一直以为这是很轻松的过程，但是被他这么一说，我忽然就意识到，也许是我想得太简单了。

首先从我家里的整个情况来看，我父亲是兄弟三人，我老爹是完全洗白了，二叔是一只脚在里面，一只脚在外面，三叔则继承了爷爷的一切，但他是自学成才，我爷爷并没有教给他太多。

这样的结构真的是自然形成的吗？我想到了三叔和二叔都没有子嗣，只有完全洗白的我老爹生了我。如果事情真如小花说的那样，那这就是一个"沉默的约定"——三叔进入这一行，作为背负一切的人；二叔作为备选，在暗中权衡；我老爹则完全退出。这样，在三叔这一代，那神秘的压力可能就不会那么大，再到下一代，我三叔和二叔都不生小孩，吴家和这个神秘压力的关系就完全断掉了。

想起来，这个布局也是相当有可能的。我狠抽了一口烟，心说，三叔，苦了你了，虽然你已经被调包了。

同阿贵一起跟我们过来的云彩这时候跑来招呼我们吃饭，小花就对我道："不聊了，几小时后一切就见真章了。如果失败了，那就直接在下头问我们的长辈们到底是怎么回事吧。"

第十九章 · 胖子醒来

　　胖子第一次醒过来是在四小时之后。我们都心急如焚地等待他醒来，小花已经把所有的准备做好。但他醒过来之后，只坚持了十分钟又睡着了。之后他又醒了两三次，都是那种意识呆滞的状态，根本无法交流。

　　哑姐说他是身体极度虚脱，给他输了一些蛋白质。在等待的时间里，我们一直在研究他肚子上的图，根据伤口新旧的情况，判断出了大概的走向。这些划痕每一次转折应该都是一道岔口，从胖子肚子上花纹的复杂程度来看，这下面裂缝的复杂程度远远超过我们的想象。

　　我非常心急，不知道我们这样的等待是不是在浪费时间。胖子让我们循图救人，那应该靠着这一张图就能把人救出来。小花是我们几个人里最冷静的，他觉得我们除了一张路线图，没有得到任何更有用的资料，现在下去的危险性很大，也许不仅救不出他们，反而会把自己困进去。

潘子之前提醒过我，必须对所有人的生命负责，所以小花说的话是对的。我也一直这样告诉自己，但是无论心里说多少遍，我都无比焦躁。

又等了四小时，胖子还是没有完全醒过来的迹象，这个时候小花才决定动一动。

他和潘子先带人下去，摸一下这张路线图的情况，看看是否准确。我在上面，第一时间等胖子醒来。这也是潘子之前的方案。

我让他千万小心，他和潘子两个人，对于我太重要了，这盘棋靠我一个人是下不完的。小花告诉我，一旦意识到有风险，他不会冒险的，否则他就和潘子分批下去了。两个人一起下去，就是为了以防万一，可以有人把消息带出来，并在原地等我们第二梯队的到来。

他们离开之后，我就到胖子的帐篷去，把秀秀抓到身边照顾胖子，以防哑姐在和我单独相处的时候对我发难。

从小花他们下去到胖子完全清醒，过去了整整一天，时间已是第二天的傍晚。

一切似乎都还顺利，并没有不好的消息传来，这勉强使我不那么焦虑了，所以胖子醒来之后，我还比较有耐心地等他复苏。

我第一次看到有人苏醒后是他那样的状态。他先是睁开眼睛看着帐篷的顶端，隔了十分钟才动了一下眼珠子，眼睛慢慢地扫向我们，扫完之后，又闭上了。

我以为他又要睡，已经有点按捺不住，想用冷水去泼他了，没想到他又睁开了眼睛，开口说了一句话："这个梦里有老爷们儿，那肯定不是梦了。"

哑姐问道："你身上有什么不舒服的地方吗？"

"有，不过我说了你会骂我臭流氓……我很想揉揉那地方。"胖子很缓慢地说道。

哑姐看了我一眼，显然没见过这么不靠谱的人，便转身出了帐篷。

胖子眼睛又转了一圈："三爷，你不是挂了吗？怎么？难道胖爷我也挂了，你来接我了？那个臭娘儿们到死都不肯来见我一面吗？"

"少废话。"秀秀就道，"你行不行，行就快把情况说一下，我们得下去救人。"

说到这个，胖子目光呆滞了一下，很久才反应过来："我靠，我差点忘了。我出来几天了？"说完他似乎才回过神，想坐起来，但睡太久了肌肉有些僵硬，一下没坐起来。秀秀马上去拽他，在他背后塞了几个背包让他靠着。

他目光又有点呆滞，秀秀在他头上盖上一块毛巾，拉开了帐篷边上的窗口，让阳光照进来，刺激他的神经。

秀秀把我们发现他的情况和他大概说了一下。他望着天，似乎在默想，半晌才道："我离开那个地方已经十二天了。"说着转头，"天真呢？我好像之前听到过他的声音。"

"他已经下去了，你说让他循图救人，他和潘子都去了快四十八个小时了。"我道。

胖子听了喃喃道："他们下去了多少人？"

"四个人。"秀秀道。

胖子想了想就道："这样的话，我还有点时间。这小子总算得劲了一次，我还以为这次凶多吉少。三爷你是怎么回事，你怎么又出现了？"

我干笑一声："说来话长。你得先说你们到底出了什么事情。"

胖子做了个要喝东西的手势，秀秀马上去泡了一杯咖啡过来，胖子喝了一口说道："我等下和你说，你先说你们还有多少人。"

我告诉了胖子人数，胖子就道："我们得在十二小时内出发，我带路，你们可能还赶得上他们。"

"你还要进去？"

"那里面的情况很特别，我等下和你说了你就知道，按着我的图走，基本没有什么危险，天真应该能应付得过来。但是，最后那一关他们肯定过不了。"

我熟悉胖子，看他说这话的表情就知道他不是在开玩笑。我马上向帐篷外边的皮包打了招呼，让他立即再去准备。

胖子活动了一下手脚，还是有些迟钝。他的脸在阳光下更加清晰，显得非常水肿，也更加疲惫。我问他要不要再睡，他摇头，喝光了超浓咖啡，继续说道："没太多时间，我得把我们遇到的事情立即告诉你。"

我点头，他叹了口气："我靠，三爷，我这次真的是大开眼界，想不到世界上还有那么奇怪的地方。"

第二十章 · 古楼是世界上最奇怪的景象

在接下来的两小时里，胖子把他们进入张家古楼的所有过程详细地给我们说了一遍。胖子的叙述极其生动，如果我能够完全记述下来，会是非常好看的一部短篇小说，但是显然我没有这么多时间，我只能挑选其中最关键的部分记述出来。

入口是在妖湖十几里外的深山之内，说是十几里外，其实也就是隔了一座山而已。胖子指了指湖对面的峭壁，说就是悬崖的另一面。

这个入口是一个斜着向下开山进去的石头隧道，在一棵大树后面。这棵大树几乎是横在山体上生长的，树干上全是藤蔓植物。其实树干和山体之间只有一个人的距离，所以人还得挤进这条缝隙里，才能找到那个入口。

胖子估计这种长势奇怪的树是特别种植的，目的就是为了掩盖入口。但霍老太说不是，因为那样的树在山上更加引人注目。那很可能是这里的工程使岩石层发生变化所致，那棵树最早应该不是那样的。

最大的可能是附近的工程使这里的岩石土层松动，在工匠离开之后，树的一部分树根断裂，趴到了山岩上，但并没有死去，然后慢慢形成了这样的景象。

但他们没有细想，因为意义不大。他们砍掉了这棵树上的一些藤蔓，终于找到了入口。

他们从入口进去之后，遇到的大部分机关都是堵塞性质的，比如说非常厚的石墙。这些机关都有非常奇怪的开启方式，他们使用我们提供的密码破解，但开启之后，每个堵塞机关之间的路途非常平静，平静得让人不可思议。

他们一直往里走，通道很狭窄，几乎让他们只能够匍匐爬行，这一看就是他们打盗洞的一种方式和习惯。整个通道的基本形状是方形的，通道的地上有很多废弃腐朽的干裂滚木，胖子认为是当地人拖拽棺椁时留下的痕迹。

突变发生在第三道机关，也就是我们在四川四姑娘山提供了错误密码的那道机关。仔细去想的话，那其实非常奇怪，因为胖子说，即使他们按错了机关，他们还是能打开那道石门，并没有什么致命的事情发生。

更奇怪的是，他们走过整条通道，一路看过来，发现通道内几乎没有设置任何机关的痕迹。这是闷油瓶最早发现的，他对所有的墓葬和机关都有很深入的了解，所以他的判断是可信的。也就是说，那些开门的暗号，似乎只是摆设而已，唯一的作用就是移开那些石门。

这非常奇怪，毕竟花这么大精力在几千公里外的四姑娘山里设置这么复杂的密码，真正使用密码的时候，它却只是个摆设，这太不符合情理了。面对这种情况，他们反而更加不安，因为这意味着两种可能性，第一种可能性就是，这里确实没有机关，他们过于小心了；另外一种就是，这里的机关设置，超出了闷油瓶的经验范围。

很快他们就发现，他们遇到的情况绝不会是第一种，但是否第二种，他们又不敢肯定。

他们通过了密码错误的石门，在低矮的通道里继续行进了一两公里，就发现不对劲了。

出事那一刻，胖子最先看到，前面出现了一丝非常奇怪的光亮，他还以为终于到达了张家古楼，兴奋得要命，但还是要小心翼翼地靠近。那一百米的路段，他们几乎花了三个小时才摸索着走完。直到走到那丝光亮跟前，才发现一切都不是他们想象的那样——那竟然是阳光。

胖子拨开那个地方的藤蔓往外走，就发现他们竟然走了出去，外面是一片隐秘的山谷。原来通道的尽头，竟也是一个开在山腰岩石上的出口。

那种感觉我能感同身受，就像你去参加一个非常残酷的选秀节目，得了第一名，却发现奖品只是一张奖状。

即使奖品是一坨屎，也要比这个好接受一点。同理，他们走到洞穴的尽头，就算发现坑道被完全封死，也比奇奇怪怪地走了出去要好。

他们从洞口爬出，顺着山腰爬上山顶，就发现自己仍旧在入口所在的那座山附近，很多景观他们都曾经看到过。这让他们觉得很不可思议，经过一路跋涉，他们竟然直接就走了出去。他们以为有可能通往张家古楼的石道，会像地铁一样，在地下是地铁，到了地上又是轻轨，于是他们决定继续往前走。

他们在山上找了很久很久，再也没有发现其他入口。显然，如果按照这样的推断，这条样式雷上标示的通往张家古楼的隧道，几乎只是一道笔直的石道，然而它没有通向任何古楼。

霍老太认为这根本不可能是骗局，一定是哪里出错了。他们翻山越岭，再次回到大树后的入口处，开始按照当时我写给他们的提示，一个一个机关地再次经过。这次的结果更加不可思议，他们还是走了出来，但出口是在另外一座山上。

那是一座山的山脚，旁边还有一条非常漂亮的瀑布。

一定有什么地方出了问题，他们这么告诉自己。他们此时也意识到了，是否我们给的密码错了，导致了这个结果。

当时，胖子也想到了之前我们在四川想到的那个问题，比如说，那会不会是一种错误的保护机制？因为毕竟所有开启这个古墓的人，都有记错密码的可能性，如果因为张家后人在传承上的某些失误，或因为战乱甚至更多的社会因素使密码的家传信息缺失了一部分的话，至少他们的子孙不会因为错误地启动了机关而被祖先的机关杀死。

鉴于张家古楼的迁坟和群葬的习俗会有很多尸体回迁的工作，所以这样的错误是有可能发生的。那么，张家古楼的建造者，也必定会考虑到这一点。他们会不会使用某些软性机关，作为一种错误的保护机制，以避免误杀后人？

而话说回来，因为我们提供的密码错误，他们触动了隧道中的机关，使得本来通往张家古楼的通道转向了另一条通道，把他们引出了隧道，这确实是十分可能的。但这个怀疑后来被否决了，原因还是概率问题。霍老太说，如果是这样，那这个机关就没有任何意义了，所有人都可以不停地尝试，即便错了也不会有任何危险。

和我在四姑娘山遇到的机关问题是一样的，这是一个逻辑问题。我听到这里的时候，立即就猜到了接下来会发生什么："次数，关键在于错误的次数。"

"对！"胖子点头，"我当时就和他们说了，但我们无计可施。霍老太说，我们都活着，而且石门可以打开，那就证明密码一定没有错，我们肯定是在通过隧道的时候忽略了什么。所以我们又折返了回去。"

就是这一次的折返，事情发生了让人无法理解的变化。

第二十一章 · 隧道中的诡事

　　所有的过程几乎和之前一样，只是这一次他们更加疲倦。他们几乎是一寸一寸地在石道壁上寻找，用胖子的话说，闷油瓶那两根触角一样的手指几乎摸过了这些石壁的每一寸地方，但是一路都毫无结果。

　　就在他们觉得很快又会走出去的时候，情况却发生了变化——他们很快走进了一条死路。这条隧道竟然变成了死胡同，他们的面前出现了石壁。

　　参加了三次选秀之后，选秀节目的奖品真的换成了屎。

　　莫名其妙地，闷油瓶就觉得不妙，于是他们立即往回走，打算出去之后再琢磨。只走了十几米，他们就发现，这次的奖品不只是屎，而且是臭狗屎。

　　他们很快就回到了入口，等他们走出去之后，立即发现不对，这竟然不是他们进来的口子，他们来到了一个陌生的地方。

在他们面前的是一个小型的洞穴。这个洞穴的底部全都是水潭，坑坑洼洼的。

他们一开始以为自己阴差阳错地找到了古楼的位置，这个洞穴就是古楼的所在地，这些水潭就是关键，于是开始研究这些水潭。水潭并不深，胖子立即就发现，水潭的底部沉着大量的白骨，都是人的骨头。就在他们纳闷这是怎么回事的时候，霍老太很快就开始出现反应。

"得亏霍老太身体弱。我们一路过去，只是觉得空气非常沉闷，也没有意识到太多问题，一直到霍老太忽然皮下出血，我们才意识到洞里的空气有问题。那个洞里的空气有毒，可能是地下的矿物和气体积聚的原因。我们戴了防毒面具，但是没有用，那毒气的腐蚀性十分强，是直接被皮肤吸收的。"胖子道，"我们立即退到隧道口子边，接着退回了隧道里面，那里稍微可以坚持一下。"

至此情况已经很清晰了，这条隧道里的机关，只能错误开启两次，第三次开始，机关就会把所有人引向一个充满毒气的洞穴里。

如果使用现代科技，这个机关其实并不难实现，只需要一个三向阀门就可以了。但是，在闷油瓶百分之百确定这里不可能有机关之后，这样的现象还是发生了。于是，两拨人都开始产生了不信任的感觉。

在那种状况下，胖子和霍老太都开始怀疑闷油瓶的判断，只是其他人没有任何有说服力的想法。后来霍老太用自己的威信压住了危机，接下来的几小时十分难熬，他们使用了所有的东西堵住隧道口，不让毒气过快涌入。

同样的一条路，走了两次，出口竟然完全不同，这听起来有些令人匪夷所思。这种软性的机关是怎么建造的呢？这有空间上的悖论。

我不由得想起了在云顶天宫遇到的事情。难道古人就是有这种技术？

他们只能一遍又一遍地尝试。但是，几乎每一次，他们都是从不同的出口出来。这山内不知道有多少出口，竟然能让他们每次出来都不一样。

他们先是讨论了这里有尸胎存在的可能性，胖子的摸金符又被烧了一回，但是这一次完全没有效果。

这种打又打不到，挖又挖不着的感觉，让他们已经近乎崩溃。整支队伍完全不知道自己处在何方，当时甚至觉得，整个张家古楼不在我们的空间当中，而处在另外一个空间里。只是可惜，通往那个空间的通道，还没有连接到这个空间中。

我在听的过程当中，就知道胖子他们最终还是找到了张家古楼。非常庆幸的是，搞错的密码并没有把他们害死。虽然我很想知道胖子最终是怎么逃出来的，但是现在我急于知道后面张家古楼的事情，比平时还着急。

"不用跟我说这些细节，直接告诉我结果。"我说，"你们最后是怎么进入古楼的？"

胖子摇头："不是我们，是他们，我没进去。我也不知道他们是怎么进去的，你别急，我不是要从头说起，我说上面这些是有意义的，接下来发生的事情就是关键。我只能告诉你经过以及他们一定还活着的理由。"

在长时间的无计可施之后，他们终于停了下来，开始思考事情的真相，进行某些假设。胖子列出了他的枚举法。

这一次的几个选项是这样的：

其一，这条隧道之中存在着他们无法理解的精巧机关，这些机关运作导致了这个结果。

其二，这条隧道确实超越了时空的限制。

其三，他们的神志被什么东西左右了，这个东西和尸胎不同，用犀角燃烧的烟无法找到。

其实这些都是老生常谈，也就是前面推测的几种可能性。

他们对此——进行了测试和反驳，在闷油瓶反复确定这条隧道不可能有机关之后，胖子用了他自己的方法——在石壁上凿了几个小洞，放置了一些炸药，然后进行小范围的爆破。

出乎他意料的是，这里的石头没有他想的那么结实，石壁被他炸掉了很大一部分，出现了一个大深坑。他继续往里炸，想找到石壁后可能有空间的证据，炸了几次，坑越来越深，露出来的却全是石头。

他找了好几个地方做这样的爆破测试，都是一样的结果。

机关不可能埋在太深的岩石后面，第一条被验证是不可能的。

第二条胖子压根儿就不相信。他对尸胎耿耿于怀，认为一定是隧道里有什么东西迷住了他们，想让闷油瓶一路洒血，看看有没有效果。闷油瓶没有理他，但提出当时唯一的可能让他们获救的办法。

他们在隧道的两头各站一个人，在入口处的人一定不会变，但如果隧道的出口会移动，在隧道里行走的人往回走，从入口再次进来之后，守在隧道出口的人就有可能看到隧道口移动的真相。

因为在隧道出口发生的状况可能让人匪夷所思，所以这个人选必须是闷油瓶，而胖子守在入口的位置，其他人以最快的速度，重新回到入口，通过隧道。

胖子之所以会被选在入口的位置，是因为在当时霍老太的队伍中，只有他和闷油瓶两个人还保持着相当的行动力，这和胖子与闷油瓶之前大量让人匪夷所思的经历是分不开的，所以在其他人都近乎崩溃的时候，他们两个人几乎都在单干。

当时他们分了工，闷油瓶戴了手套，绑住裤管袖管的缝隙，进了洞穴。

从此，他就没有再出现过。

他们中的一个人出去看情况，只去了三分钟就跑了回来，说闷油瓶竟然不见了。

所有人都崩溃了，胖子也出去看，一个水潭一个水潭地去看，发现闷油瓶果然不见了。

"职业失踪人员果然名不虚传。"我心说。

"后面又发生了很多事情，我们的中毒情况越来越严重，后来我晕了过去。"胖子说道，"等我醒过来的时候，我就发现身边所有的人都不见了。"

也得亏这样，胖子现在才能和我说话。因为这一次，进入隧道的队伍至今没有回来。

胖子一直等到第二天天亮，才确定事情不妙，只得往隧道里走去。这一次，他就发现，隧道发生了变化。往里走了十几分钟，他再次走出了隧道，但是这一次，他没有回到山外，而是进入了一个黑暗的地方。

他打起手电，一下就发现自己在一个完全不同的洞穴水潭的边缘。这是一个非常奇特的水潭，呈现出葫芦造型，下头是水，上头是空的，中间有一道石梁贴着水面通到对面。胖子走了过去，发现对面是死路，而在石梁的中段，他看到水面下有一些东西。

那是水面之下的一块平面，不知道是什么材料凿出来的。胖子伸手下去按了几把，发现还比较结实，于是下了水，贴近水面看，这块平面反射出非常耀眼的光亮。

他发现这是一面镜子——整个水面下一巴掌深的地方，有一面两三丈宽的镜子。

就在这面镜子里，他看到了一个巨人的倒影，那是一座巨大的雕梁古楼。

胖子的第一反应认为，古楼是悬挂在这个山洞顶上的，立即抬头去看，却发现头顶上什么都没有。他非常惊讶，低头去看，镜中的那座古楼悬鹑百结，分明就在自己身下。

如果不在头顶，难道这不是一面镜子，而是一块玻璃？这古楼其实是沉在水中的？

他喊了几声，没人搭理他，他只得走到镜子的边上，想看看水下是否沉着古楼。这一下去他立即就知道不可能了，原来这水潭极浅，只没到腰部。他俯身潜入镜子下面，游了一圈，发现潭底也就这么深，不要说藏下一栋古楼，就连趴着抬头都难。

那这是怎么回事？胖子重新爬上了那面镜子。他都开始怀疑，那镜中的古楼是否只是一张画而已。

如果说阴冷的洞穴和诡异的古镜并没有让他觉得恐惧，那么，等他趴在镜面上仔细去端详这镜中古楼的时候，看到的东西让他真正感觉到毛骨悚然。

在古镜之中，他看到了一栋古楼，而在古楼的一条走廊上，他赫然看到了闷油瓶和霍老太他们正在其中休整。他看到了手电的光线在走廊的缝隙中闪烁。

这实在是太诡异了。胖子头上的冷汗直往外淌，似乎自己正存在于某本志怪小说的情节中。他敲打着镜面，想吸引镜中人的注意力，然而下面的人根本察觉不到他的存在。

听到这里，我也完全蒙了，反问胖子道："你是说，他们在一面镜子里？"

胖子点头："对，这座张家古楼，在一面镜子里。"

怎么可能？我心说，然后问道："你确定是看到的，不是你的幻觉？"

"三爷，我下过的斗虽然不比您多，但是怎么也算是北京城里叫得响的号子，是真是假，我会分不清吗？千真万确，那楼就是在一面镜子里，他们全在镜子里的楼上。"

第二十二章 ● 镜子的里面有什么？

胖子不敢对那面镜子做什么，只得按照原路返回。然而，事情并没有他想的那么顺利，他一路往回走了好几个小时，都没有找到出口。

那条本来非常安稳的隧道，如今怎么走也走不完，无论他怎么跑，怎么大吼，他面前永远是一条黝黑的隧道。

当时他的感觉是，这条隧道是有生命的，它可以任意改变形态来戏弄隧道里的人，可能是他们的行为最终触怒了这条隧道，隧道要用这种方式让他在绝望中死去。

直到几乎要跑到绝望的时候，胖子忽然就看到了一个救星。他看到隧道前方的石壁上，出现了那个自己炸出来的深坑。

他记得这个深坑的位置，其实应该在隧道的入口端。隧道是斜插入山体的，而这段山壁的岩石并不坚硬。

此时胖子发挥出了他的狠劲，他把自己身上所有的炸药分成了十几份，想要硬生生地炸出一条路来。他往里炸了六七米的深度，虽然没有炸出通路来，却在岩石中炸出了一个人的影子。

他想起我们当时在洞里的经历，直接砸破了外面的石皮，把石中人狠狠地砸死，然后挤入了石中人活动的缝隙中，一路狂爬，一直在里面爬了好几天，竟然找到了出来的路。但是他没有想到，出口竟然那么小，他挤不出来，只得在那个地方等着，等了四天，我们才出现。

我听完胖子的叙述，有点找不到北，而且，我从心底产生了一种极不舒服的感觉。

那是一种寒意，极度的寒意。

我深深地知道这种寒意从哪儿来。胖子的整体叙述，包括所有的细节都让我有一种似曾相识的感觉。

其实不仅是似曾相识，甚至是倒背如流。

胖子在这个山洞里的所有经历，和三叔在海底墓穴中的经历太像了，简直是一模一样。

当年三叔在海底，也进入了非常诡异的境地里，之后他睡了一觉起来，发现所有的人都消失不见了，而且他身处的地方都变了。他也是发现了奇怪的现象，然后再自己一个人逃离了那个地方。

我心中有一些慌乱，因为我有点厘不清楚这些头绪，但是有一点我是肯定了——不管是在海底墓穴里，在云顶天宫之中，还是在这里，"陷阱"的风格都十分相似。

按照之前的调查，这些技术几乎都是源于鬼手神匠汪藏海这个人。

当年的汪藏海先是修缮了云顶天宫，然后又给自己修建了海底古墓，最后，几乎相同的技术又在这里出现了。

我心里有很多细碎的判断。我不知道汪藏海是不是这些技术的源头。如果是，这个人真的是太厉害了。但同时有可能他本身是一个非常有天赋的工匠，他在帮东夏人修缮皇陵的时候，学会了当年那座地下皇陵里的很多结构设计，然后将其用在了自己古墓的修建上。

汪藏海不可能活到现在，他的技术是传给了张家族人，还是传给了样式雷？

从地理上来说，张家族人相传是东北那边的神秘族群，和云顶天宫的地理位置很近，而样式雷家族是位于广东，和西沙的地理位置相近。

这有两种可能性。第一种是，当年汪藏海在东夏活动的时候，由于一个偶然的契机，留下了或者流传出了这些技术。另一种可能性是，这些技术是当年汪藏海在修建海底古墓的巨大宝船时，流传到了沿海的渔民手里。

我更倾向于第一种，张家族人在张家古楼附近使用这些技术，显然和整个背景体系更契合一些。关于样式雷，到现在我们所有的线索也只不过是他们设计了这个张家古楼，我们只发现了大量的建筑图样，并没有发现任何的机关图样，这一点很能说明问题。

如果不回到当初的那一刻，谁也无法得知历史的真相。

我又想到了闷油瓶对于机关的极端了解，心中有各种奇怪的联想。胖子说到这里，我已经有了一种非常确定的直觉——这里的机关结构一定是巨大的一个整体，这也是闷油瓶没有发现机关的原因。同样，在当年的海底墓穴中，整个房间整体移动，闷油瓶也没有发现。

但我可以确定，以闷油瓶的智商，即使他感觉不到背后的机关运作，也应该能根据海底墓里的经验猜到大概的情况。

但是他当时为什么不说呢？

他一直有他自己的目的，这就是关键。我觉得他甚至完全能够猜到机关运作的大概机理，他提出去外面的洞穴中寻找，就是因为当时他看到洞穴的时候，就已经知道了破解的方法。

而他是一个不会对人见死不救的人，他一定回来救了所有人，把他们带入了古楼之中。但是，他唯独没有把胖子带走，而是把胖子送到了另外一个地方。

这是什么用意呢？

他把胖子送到了一个能看到他的地方，这样胖子能知道他们还活着。这是为了让胖子来传达这个信息吗？

没有理由啊。胖子传达这个信息出来，我们就一定会更加积极地救他。但如果是这样，闷油瓶应该不会那么"二"，他至少应该留下清晰的文字信息。

我想不通。这些信息给我的感觉，像是纯粹为了不让胖子进古楼。

这种感觉相当不妙。闷油瓶不让胖子进古楼的唯一可能性应该就是，他明确地知道这是一次有去无回的旅程。而以闷油瓶这样的身手和魄力，他认定的有去无回，基本上就真的是绝无一点转机了。

闷油瓶认为他们死定了。

但是霍老太和其他人都被带进去了，难道闷油瓶认为霍老太和她手下可以死吗？他和霍老太有很多我不知道的往事，九十多岁的老太婆还到这里来折腾，看来他们各自的问题，已经大到必须解决，而且是即使会死人也无所谓的地步了。

第二十三章 · 准备出发

当晚吃饭时，秀秀就问我怎么办。我心说其实我没有打算，潘子之前早就帮我打算好了。如今我只是示意了一下，皮包便开始全力准备，潘子之前肯定也已经安排过。

虽说我扮演三爷已经成熟了，但还远远没到潘子他们能放心让我自己做决定的地步。

不管这里有多少风险，已经走到这一步了，死我也认了。

如今只有再下去了。按照胖子的说法，潘子和小花那边开始不会有太大的问题，就看他们是否能回到那条隧道，只要能出来，一切都没问题，但是如果被困入那个毒气洞……

胖子当晚已经能走动了，我再去帐篷里看他时，他正看着自己的肚子"啧啧"直骂娘。我对他道："这一次我们要能成功，你的肚子居功至伟，我给你的肚子发个锦旗，写上'天下第一肚'。"

胖子道："三爷，您可别扯这些风凉话。这一肚子疤，老子以后泡妞都麻烦，妞儿躺我肚子上硌得慌，我得去找家文身店给它整整。你说我文个象棋棋盘怎么样？以后妞儿能在我肚子上下棋。"

"我觉得你直接涂黑算了，然后打几个钻石的肚钉，就说文了个夜空，这样比较有诗意。"我道。

"好主意，还是三爷有文化，胖子我书读得少，就是吃亏。"胖子说道，便看了看帐篷外面，"我的事儿，你们没人告诉那丫头吧？"

"没说你还要下去。她知道你回来了，很开心。不过告诉她又如何，她又不知道我们在干什么，你就别自作多情了。你比我小不了几岁，老牛吃嫩草也要有个限度。"

外面传来云彩的声音，胖子摸了把脸上的胡楂，偷偷看了一眼就道："老子连别人祖坟都敢挖，小妞不敢泡？我告诉你，老子这一次还真准备真诚地爱了，谁也别拦，没人比我能给她幸福。"

"你能给她什么幸福？"我失笑道，"以后熬猪油不用去菜市场吗？"

"老子有臂弯啊。"胖子道。

我听胖子这么说，再回想起自己的种种，心中极度郁闷。他似乎完全认不出我，我也没想好是否现在就暴露身份，因为毕竟我心里对于整个局势是没有底的，不知道暴露了会不会带来什么我想不到的变故。

于是我不和他扯淡，就问道："你身体恢复了没有？"

"不就十几天没睡吗？"胖子道，"睡一觉早就没事了。我是壮年才俊，和你们一样，是吃过苦的，受点累不算什么。而且你们没我也不行，所以如果你要劝我留下，还是省了，我在这里待着，非急死不可，你知道我的脾气。"

我点头，他道："里面那东西倒不足为惧，但是那楼太邪门儿了。不怕慢，就怕冒进，东西能带多少就带多少，我们上一次就是吃了轻装的亏。"

这话他已经说过一遍了，我点头，他又指了指另一边裘德考营地的方向，让我靠近点。我靠过去，他对我耳语道："三爷，你把那叫皮包的小子叫过来，我们得从鬼佬那边搞几把枪来，得要他帮忙。"

　　我道："我觉得，尽量不要去和他们发生关系，这批人都是亡命之徒。"

　　"能有我们亡命吗？"胖子呸了一口，"这话肯定是小花那小子说的。三爷，您可别听那小子的，那小子是文帮唱戏的，当然不喜欢打打杀杀。你们传统家族有手艺，胆子大，我可不是。我和你说，没枪就罢了，要是有枪，老子就是卖屁股也得去弄几把，那才能信心百倍。"

　　我知道胖子很多想法基本上都是对的，就问他："你准备怎么办？"

　　胖子穿上衣服，抹了把脸就道："您别管，把那人叫过来让我指挥就行了。"

　　我再次看到胖子时，他已经在擦枪了，皮包鼻青脸肿地在那里数子弹，一边数一边还有点哽咽。我心说，我靠，胖子到底干了什么，但是也不敢多问，估计皮包是被胖子的什么损招忽悠了。

　　弄来的枪是我叫不出名字的，胖子说这是乌兹，是一种微型冲锋枪，人送绰号"小叮当"。

　　我拿来掂量了一下，非常重。这枪我见过，就是《真实的谎言》里施瓦辛格的老婆用的那种。我问道："为什么叫小叮当？"

　　"因为这枪打起来，枪口跳得很厉害，就像小叮当一样。"

　　我心说，小叮当什么时候跳得很厉害了？一想，胖子和我们生活的年代不同，我记忆里似乎有一部很老的国产木偶片叫《小叮当》，那里面的木偶确实老是跳。不过如此说来，这外号应该是胖子本人取的了。

擦完枪，胖子把子弹压进弹匣就道："我真没想到他们能搞到这东西，现在的黑市还真靠谱。这东西最适合近身战，特别适合在狭小的空间里使用，杀伤力很大，就是没搞到多少子弹。"

"就一把？"我道。他立即甩给我一个东西，我接过来一看，是一把很奇怪的，好像被加工过的手枪。

"伯莱塔，意大利枪。"胖子道，"不过好像被他们加工过了，轻了很多。如何？三爷若不嫌弃，也拿一把防身？"

我看胖子的表情有些似笑非笑，好像有什么事情隐瞒，心中不免有些奇怪。不过我是三爷，没法像吴邪那样直接逼他说出来，只得作罢。我掂量了一下枪，果然很轻。胖子甩给我一条毛巾，让我包上："装起来，别让人看到，他们正找呢。"

我用毛巾包住枪。几年前刚看到枪我还很惊讶，现在看到就好像见到老朋友一样。我揣好了枪，胖子就咔嚓一声拉上了枪栓，然后再解开，也把枪塞进了自己的包里，道："这下老子晚上能睡个安稳觉了。"然后他将这个包抱在了手里，亲了一口。

我看着胖子的眼睛，越发发现他说这话时，眼中很严肃，不由得心中一沉。他那种"有所隐瞒"的态度和决绝的眼神让我心里很不舒服。

我只希望他所隐瞒的消息和以前那些一样不靠谱和无伤大雅。

我还想和他聊点别的，特别是聊一下他在隧道中经历的细节，忽然就听到砰的一声巨响从帐篷外传了过来，好像是什么东西爆炸了。胖子比我反应快，立即要出去，四周的人全听见了，都看向声音传来的方向，就听到一连串枪声从裘德考的营地方向传了过来。我看向胖子："你干的？"

"当然不是，胖爷偷枪又不偷袭。"

"走，去看看！"皮包好动，已经冲了出去。

我看着那边情况不对，打手势让其他人收拾东西，把需要的东西全部往丛林里撤，然后猫腰和胖子一起往那边摸去。

还没走到那边，就感觉那里几乎是打仗一样，到处是枪声，黑夜中子弹的曳光就和战场上一样。

"什么情况？"

皮包道："胖哥，你看，子弹不是对射，只有射击，没有还击，都是毫无目的的。"

"不是毫无目的。"胖子道，"胖爷我十岁就摸枪，连这还看不清楚？这些枪都在短打，那边有东西在袭击他们。"

"什么东西？"

"不知道，是从湖里来的。"我说道，指了指树上，那树上有一个狙击手。现在所有的子弹都往湖里打，一秒一发。

胖子拉上枪栓，就往湖边靠去，我跟了过去。极目眺望，前方一片漆黑，什么也看不到。这时候，我们身后自己的营地里，也忽然传来了惊叫的声音。

我们立即回身，三步并作一步，一下就看到从我们营地边的湖水里，浮出了好几只猞猁，猛地就往岸上扑过来。

胖子抬头就是一梭子，直接把一只打回湖里。

我冲过去，从篝火中抽出一根柴火，往哑姐和秀秀两人惊叫的地方甩去。

一只猞猁被柴火逼退，我靠过去，看着它们的耳朵，发现那竟然是上回来的时候攻击过我们的猞猁。胖子用"小叮当"显然很顺手，两下打飞掉两只。这种枪在这种战斗中真的是杀手利器。

秀秀和哑姐吓得够呛，两个人互相钩着，我把她们揽到身后，胖子和皮包也围了过来。转瞬之间，水里又冲出来两三只，胖子喊了一声："三角防御！"

我不懂是什么意思，只是压住哑姐，反手朝其中一只连开了三枪。那货的敏捷我早就领教过了，在它的腾挪中一枪也没打中，三枪之后，它几乎就到了我的面前。我此时倒也真的不惧，多年的锻炼没让我的枪法长进，心志倒是麻木了不少，便用手去挡。

刹那间，我身后一空，却见哑姐已经挡到我的前面。我心中一惊，心说不用这么狗血吧，好在身边的胖子一下抓起我的手，从下往上一甩，大叫道："打！"

我的子弹从哑姐的腋下打出，就在猞猁咬中她脖子的前一刻击中了它，猞猁直接翻了出去，落地就往林子里跑。

我抬手要射，胖子一下按住我的扳机："三爷，阿弥陀佛。"

刚说完，忽然林子里一声巨响，火光冲天，不知道什么东西爆炸了。

第二十四章 ● 神秘物体的偷袭

那爆炸场景极其恐怖，一朵很大的火红云喷向夜空，爆炸的火焰很高，很多东西直接被抛到了空中，带着火星落到四周。

"是汽油，发电机被炸掉了。"胖子道，"这下他们惨了。"

"怎么会爆炸？"皮包拿着铁锹，"这些大猫不可能把发电机咬到爆炸啊。"

话音刚落，那边又是一下爆炸，这一次的声势略小，但还是把鬼佬炸得人仰马翻。

胖子脸色苍白，一下看向另一个方向，那是鬼佬营地左边的森林："不对，我靠，刚才那是——"

"那是什么？"

"不可能啊，那是迫击炮的声音。"胖子道。

"迫击炮？"我惊讶道，"有人在用迫击炮轰他们？"难道真的是有军队来了？不可能啊，即使是一支武警部队，对付我们这些人也只需要用枪就行了，用迫击炮未免太看得起我们了。

胖子也是一脸难以置信的表情，还竖起耳朵去听，希望能听到下一声动静。

我看向裴德考那边，那里没有再发生爆炸。另一边的攻击似乎也结束了，除了爆炸的火坑，其他地方一片寂静，似乎全部被炸死了。

胖子听着，忽然就骂了起来，转头看身后的篝火，大吼："皮包，把篝火灭了！"

还未说完，黑暗中的林子里冒了一小点火光，随着一声小炮声响，胖子立即大吼："趴地上！"

我拉着哑姐和秀秀一把趴到河滩上，身后就爆炸了。我的耳朵嗡的一声，身体被震起来好几尺，一股滚烫的气流直接从我的脚底裹上来。整个石滩被炸得像下雨一样落满了碎石头。

等石头全部落完了，胖子大骂了一句脏话，回头一看，我们的篝火被炸没了，四周只有零星的炭火。

"游击队的打法，先用野兽把人赶到篝火边上，然后用迫击炮精确打击篝火。"胖子道。

"你连这个都懂？"我问道。

胖子道："三爷，你不会分析嘛。你怎么变得和你侄子一样？这战术用眼睛看，就知道是怎么回事。"

我心中暗骂，他就继续道："不过对方只有一个人。"

"何以见得？"秀秀一脸灰地问。

"我们还活着，就足够说明这一点。这种战术，如果有人在迫击炮开炮前狙击我们，我们就死定了。这个人是个高手，对距离感有极强的直觉。这几炮打得天衣无缝，我们千万不能露头，否则还得挨炮。"

"那就摸黑过去。"皮包道。我摇头："鬼佬那边肯定和我们情况一样，他们也会摸黑过去，如果两方遇上肯定会有误伤，现在只能静观其变。”

刚说完，前方的林子里，忽然又是一道火光和一阵闷炮声。

我们所有人都条件反射地低头，我心说，我靠，还要炸哪里？就听到空中轻微的呼啸声，炮弹竟然是朝我们这个方向过来了。

难道同样的位置他还要补一炮？我心中大骂。这一下爆炸却不是在我们身边，而是在离我们几百米外的森林里。

隔得还远，冲击不强烈，但是那边立即就烧了起来。

我和胖子看向那边，胖子就问我：“那里有什么？”

我看着，几乎是一瞬间，又是一发迫击炮打了过去，落在了同一个地方。

我立即知道对方在攻击什么地方。我们完蛋了！

“裂缝！”我大叫，“他在炸那条裂缝！”

“哪条？”

“把你拉出来的那条！”我大骂着冲过去，被灌木绊着脚，一口气冲到林子里，来到山体边上，就知道彻底完蛋了。那边整个山坡都被炸塌了，裂缝已经被埋在了下面。守在裂缝边上的人凶多吉少，很可能被压在了下面，而小花和潘子恐怕再也不可能从这个口子出来了。

我冲上前，尝试着去搬动那些碎石，随后而来的胖子一把把我拉回来。几乎是同时，又是一发炮弹落到了山崖上，炸出满天书包大的碎石雨。

在火光中，我看到远处的山脊上站着一个人。

我看不到那个人的样子，但是认出了那个影子，他没有肩膀。

皮包和胖子要上前去围剿，我拦住了他们，那个影子迅速转身，消失在了林子里。

这一晚的袭击，所有人都损失惨重，我眼睁睁地看着几十发炮弹准确地落在山崖上，把整条裂缝完全摧毁。

这些炮弹都不是从同一个方向发射的，显然打炮的人一直在移动。但是他对这里太熟悉了，这么黑的夜晚，他都能准确地从各个地方打出炮弹，击中那条裂缝。

我把我在巴乃村对于那个没有肩膀的怪人的想法和盘托出，胖子并不感兴趣。他看着自己的肚子，愤怒难当。

一开始我只是隐隐觉得他就是放火的人，如今看来是坐实了。他一定知道很多内幕，如果有时间，我一定得想办法抓住他。

天亮之后，我们整顿了一下自己的营地。接着我派了几人摸去裘德考的营地看情况，从而了解到他们比我们更惨——死了七个，大部分还都是被自己人乱射射死的，伤的人不计其数，几乎所有人都带着伤。

猞猁是从湖面摸过来的，我们和裘德考的岗哨都设在靠林子的地方，没有想到它会从湖面上偷袭，之后竟然还有如此诡谲的重武器攻击，自然谁都好不了。

这些猞猁似乎是被训练过的，攻击我们的人竟然能够控制这些动物的举动。这些我们都没法去深入思考了。让我崩溃的是，那条缝隙竟然被堵住了，不要说救人，小花和潘子回都回不来了。

怎么办？我满脑子都是这个问题。所有人都看着我，我必须给出一个答案来，否则我只能说：我们各回各家吧。

不能回家！我找回一个胖子，失去一个潘子、一个小花，这交易不合算，我还是亏本的。

胖子非常沮丧，因为他刻在肚子上的路线图一下子失去了所有的价值。我们坐在石头上，默默地吃着还有火药味的食物。秀秀道："三爷，你得拿个主意。"

我叹了口气，知道自己只有唯一的选择了，便对他们道："计划不变，但是我们现在只能换条路走。这里的缝隙四通八达，也许我们能找到其他入口。"

胖子摇头："不可能，我们没有那么多时间。现在唯一的办法，就是回原来的路口，重新去走走那不可思议的走廊。"

只能去原来的路口了，虽然不知道会发生什么，但是比在这里挖石头要节约时间。

第二十五章 ● 没有选择

胖子又去裴德考的营地顺了两支步枪过来，我也不琢磨了，他带路，大家立即出发。

从山上翻过去，要比从地下下去耗时很多。好在胖子走过一遍，知道很多门道。他一路带队，几乎连话都不讲，我甚至没有机会告诉他我的真实身份。

我从来没有见过这样的胖子，心中不由得更加不安。胖子的这种赶路方式，似乎表明他心中非常焦急，但在他和我叙述整个过程时，并不显得有多着急。难道他真的有什么隐瞒我了？

我不敢问，只得一路闷头前进。翻过湖对面的山脊，就是我从来没有到过的地方。胖子带我们往山下走去，说是有近路。我们翻山而下，下到山谷，胖子往山谷的草丛里一跳，人一下就被草吞没了。

我没想到这草竟然这么茂密，觉得不可能，也学胖子一跳，一下子穿草而过，打着滚翻了下去——下面竟然是一条暗道。

"小哥发现的，厉害吧，这是一条古暗道，在山谷的上头用巨木架出了一条木道，年代太久了，都被草盖住了。本来在上面走更方便，但是草太茂密了，下面的草照不到阳光，长势没那么好，比较好走，而且比较平坦。尽头就是入口附近。"

阳光从上面的一些缝隙照下来，里面并不算暗，能看到地上全是大大小小的碎石。说好走其实也好不到哪里去，但总比挂在悬崖峭壁上好。

"从这里往里走十几里，我做了记号，再上去，就离入口处那棵大树不远了。"胖子道，"再往前很潮湿，我们不如在这里休息，休息完之后，到入口之前我们就不停了。"

所有人纷纷坐下，胖子对我挤了挤眼睛："三爷，借一步说话。"

我跟胖子往里头走了一段，来到一块大石头横卧的地方，我们两个人翻过去，他就蹲了下来。

我不知道他要干吗，也跟着蹲下。他一下就来扯我的脸，扯了几下，疼得我眼泪都差点掉下来。

"干吗？"我骂道。

"天真，你原来的脸挺好看啊，何必整得和你那三叔一样。"胖子轻声道。

我一惊："你怎么看出来的？"

"就你那矬样，别人看不出来，我还看不出来？"胖子道，"你以为你和我说话的时候我真迷糊？老子心如闪电，早就知道是怎么回事了。"

"那你不早说，我都找不到机会和你说。"我道，接着我就把小花的计划和他说了一下。

"我靠，你不和我说，我又不知道你有什么计划，当然不敢不配合你。而且你不知道，那医生对你三叔有意思吧？照顾我的时候简直就把我当树洞了，没事就对着我说，老子在那里半睡半醒，被她烦死

没有选择

123

了。"胖子看了看那边，"你知道她说的是啥吗？太肉麻了，老子算是酸溜溜界的翘楚了，可她对你那三叔的爱恋，把我牙都酸没了。要不是我真的太累了，听着还能睡着，我非掐死她不可。她说了，她觉得你变了。我也不知道什么情况，只能先这么着。"

我听着心头有点放松，刚想说话，他就摆手让我别说了："多说无益，你知道我知道你是谁就行了。我问你一件事情，你得回答我。"

"什么？"

"那个花儿爷，你信得过吗？"

我心说他问这个干什么，便点头："他帮我很多，我觉得他信得过。"

"你查过他的底细吗？他真是你发小吗？"

"这我肯定，怎么了？"

"你见过老九门的老照片吗？"

我摇头，这事我还真不知道，便道："你直说，到底有什么蹊跷？"

胖子顿了顿，才道："没事，也许我多疑了。我就是觉得这人给你出这种主意，不太可靠。"

我看胖子的样子不像说谎，就道："但是当时确实也没有办法，否则我也不可能来救你。"

"有些困难，可未必像别人说的那么难。"胖子道，随即摆手，"不过还是要谢谢他，此事当我没问过。我们没工夫考虑太多了，先把事情整利索再说吧。"

我想起我自己的担忧，就问道："闷油瓶他们的情况，你没骗我吧？我总觉得你没说实话。"

胖子拍了拍我道："胖爷我要害你早害了，何必等到今天。"

这倒是真话，不过胖子骗我也不是一次两次了。我道："你不害我，不代表你不会要诈。"

"天真，你不懂。"胖子指了指身后，"你信任所有人，见人就掏心掏肺，我和你不一样，这后面的人，我一个也不信任。"

　　"这和信任不信任有什么关系？"

　　"大有关系。"胖子说道，"我在那镜子里看到的东西，可比和你们说的多得多，但是这些我现在没法讲。你得找机会和我独处时间长点儿。"

　　我看了看身后，就发现皮包和哑姐都看着这边，似乎有些好奇。

　　"看到没？"胖子道，"这里的人谁都不信任谁，都看着对方呢。"

　　我被胖子说得不舒服起来，胖子继续道："本来我还不想拆穿你，不过，咱们走的是这条路，不是爬裂缝，我必须提醒你，从进入这座山开始，发生任何事情你都不要觉得奇怪。"

　　"会有什么奇怪的事情发生吗？"

　　"这里可能会发生任何事情。"胖子正色道，"这座张家古楼的妖气影响着很多东西，发生任何事情，都不要觉得奇怪。"

没有选择

125

第二十六章 · 不能认为奇怪的事

胖子说完就起身走了回去，一边走还一边嘀咕什么，显得和我谈得不愉快的样子，我只得配合地做一些无奈的表情。一路回去，就见他们在聊天，秀秀等我坐下，就轻声问我胖子和我聊什么。我道稍后说，现在不方便，把她打发了过去。

坐下来后，我心里有底，便放松了不少。想着刚才胖子的几个问题，我还是感觉有些异样，但怎么想都觉得胖子不像在骗人。

不是说胖子不善于骗人，而是我对于谎言很敏感。很多时候三叔骗我，我其实都能感觉到，但是每次我都会理性地判断这是自己多疑。但是这一次，是我的第六感觉得胖子不是说谎。

我想起胖子之前的表现，决定不去想那么多了。胖子说得对，他要害我，早就害了。

只是皮包的眼神也有些怪，问我道："你们干什么去了？"

"看看前面的情况。"我就道。

“看得那么神神秘秘，三爷，有事您可不能瞒着我们。”皮包埋怨道。我一看这情况就立即给秀秀使了个眼色，想让她岔开话题。我问秀秀道：“你们聊什么呢？”

秀秀知道我的用意，立即就道：“我们在聊老九门的事。听说军队在长沙的时候，部队里什么地方的人都有，还有各地逃窜的难民。

“当时很多京城的达官贵人都能唱几句京戏，所以军队在中华人民共和国成立后进京，没有一路花鼓唱到底。陈年旧事都是聊天时说起的，不过幸亏二爷家后来衰败了，否则在现在这种时代，他们不知道该扮成什么。现在人心疏离，外人防得少了，自己人反而成了心头大患。”

皮包似乎有点喜欢秀秀，秀秀一说话，他的注意力就转了过去。秀秀说的是自己的两个哥哥。一路上听秀秀说来，这两个人算是北京的名流公子，却不是特别出色。两人对于霍老太赏识小花，早就心存不满，他们之间的恩怨纠葛可能从小就一直在积累。我没法插话，便想让她多说点。

胖子坐下，往火里丢上几捆树枝，道：“这种《金粉世家》和《啼笑因缘》里的桥段，老子没什么兴趣，有没有老九门里什么我们不知道的风流韵事，拿出来讲讲。听说你们二爷守寡之后颇风流，流连烟花之地，其中有一个相好白得跟瓷器精似的，手上画上青花瓷的花纹，人称‘小青花’，有没有这事儿？”

“小青花现在还在，你要不要去看看？现在在养老院。”秀秀道，“画上青花瓷纹，还和青花瓷娃娃一样，就是被打裂了的那种。”

我喝了一口茶就道：“先人故旧，你积点口德吧。旧社会的女人大多身世可怜，这小青花，未必是她愿意当的。”

皮包很不认同，但也不愿意接话头了，就对胖子道：“你想听荤料，我们这种人怎么讲得出来，不如你说几个。”

“胡说，我答应了云彩，如今要做正派的人，你们这么低级趣味，活该都处不到对象。"

胖子转身把帽子盖在脸上，说道："时候不早了，胖爷我缺觉，先睡了，你们继续'锵锵三人行'。"

我看了看月亮，这儿的地势太特别了，顶上的横木挡住了大部分月光，只透下一道道暗淡的白光，如果不是头上的一段横木朽坏掉进了深沟内，这里恐怕一丝月光也透不进来。

这一条秘沟并不是当年张家古楼的建造者盖起来的，而是古瑶民在岭南古国时期的遗存。显然，这片深山在很久以前就有很多神秘的活动，只是不知道古瑶民在山中建这道秘沟的目的是什么，和张家古楼选择这里有没有必然联系。

几个人都想眯一会儿，就都分头靠下。我刚想闭眼，忽然就见胖子一下又坐了起来，去水潭边小便。我心说破事儿真多，于是也拿帽子翻下来盖上脸，很快就沉沉地睡去，计划在一小时以后醒来。

在这里我已经形成了很精确的生物钟，只要睡前提醒自己只是短暂休息，我一定能准时醒来。果然，过了一会儿我就醒了。我的脸上盖着帽子，里面散发着洗发水的味道，我十分庆幸在野外还能闻到这种城市里的味道。

我吹了口气，心里想着以前去鲁王宫和云顶天宫的那些日子，那时候我都属于破坏队伍士气的分子，永远要被潘子踢才能醒来。如今我却没有赖床的权利，我是三爷了，其他人都看着我呢。我迅速把帽子一抓，就想翻身起来，这一抓，却发现盖在脸上的帽子成了一团湿漉漉的东西，还很油腻。

我一惊，立即拍开那东西坐起来，随即发现不对——篝火照亮的整个区域里，靠近秘沟边缘的部分有水滴落下来。我以为是下雨了，但是抬头就发现，水不是从上头滴落的，而是从石头上溅落下来的。我正坐在沟边的一块石头旁，四周的藤蔓已经被砍完了，水是顺着上头的沟壁滴下来的，拍在石头上溅起了水珠。四周好些人都已经被浇醒了，几个人遮着脑袋跑出溅水的区域，嘴里冒出"怎么回事"之类的话，胖子立即做了一个噤声的动作，让全部的人闭了嘴。

我们都看着他，不知道他发现了什么。就看他闻了闻被溅满水的身上，我跟着闻了一下我的帽子，一股尿臊味儿立刻让我恶心到了极点。

是尿，有人在我们头顶小便。

皮包轻声骂了句脏话，恶心得直吐口水，显然尿呛到嘴里去了。

胖子继续让我们别说话，所有人都恶心得不知所措，只有胖子迎了上去，开始爬沟边的石头。我不知道他想干吗，也咬牙跟了上去。我抓着藤蔓一直爬到横木底下，一下就听到上头有人说话，还是英语，我立即明白，那是裴德考的队伍。

还是有些尿流了下来，滴在胖子脸上他也不管。他听不懂上面在讲什么，就做了个手势让我听。

我忍住强烈的恶心侧耳去听。上面肯定有不少人，显然他们身在高处，完全没有发现沟下还铺着一层横木，横木下面还有这么隐秘的通道。

但裴德考的人，此时不应该出现在这里的啊？

我听不清老外们的具体对话，只能对胖子摇头。胖子要了我的手机，要我打开手机的录音功能。这时，我听到了一个中国人的声音，他说了一句："快出发，没时间休息。谁看到新找来的向导去哪儿了？"接着有人翻译成了英文。

我听着那声音，一愣——这声音很熟悉，想再听几句，上面的人就发出了一片动身的声音。

我和胖子翻下去，胖子吐了几口口水，听声音远去了，才道："老外真的火气大，尿臊味儿也太重了。秀秀，快听听他们说的是什么。"

我想到那中国人的声音也被录下来了，马上凑过去，但看秀秀这时完全不理会，只是把衣服解开，到水潭边去洗漱。

"哎呀，丫头，先别洗，那潭子我也尿过，洗了不还一样？"胖子道。

秀秀和边上也在一起洗的皮包都愣了一下，皮包立即跳起来："哪个你没尿过？"

"都尿过，昨晚无聊，我每个潭都尿了几下。"胖子道，"先别洗，来听听录音。"

"我不干！"秀秀道，"我宁可死也受不了这味儿。"

我闻着也无比难受。胖子没办法，只好指向远处一个水潭："那个是干净的。"

我们马上冲过去，把头发和衣服都洗了，洗了一遍又一遍，直到尿味儿淡到闻不出才作罢。

"死人不怕，怕尿？我告诉你们，根据科学研究，腐烂的尸体绝对比尿脏。尿喝下去是没事的。"胖子道。

秀秀用她的头盔从水潭中兜起一头盔水："那你喝！"

"喝下去没事，不代表就好喝啊。"胖子说道，"快点弄完，咱们不能被他们赶上。"

秀秀听了录音之后说："放心吧，他们在上头走山路，根本不可能赶上我们。这一队人一定是在我们到巴乃村之前就出发了，已经在山里走了几天，被我们赶上了。"

"他们说新找的向导是怎么回事？"胖子道，"那儿怎么会有向导？"

我摇头，一直想着我刚才听到的那句地方话。那个说话的人是谁？为什么我听着那么熟悉？

胖子看我有些心思，问我怎么了，我把事情一说，他却没有印象。显然是他没有注意到这个问题。秀秀道："不管怎么说，裘德考在我们来之前又派出了队伍，我听他对三爷的说辞不同，显然他对我们有所隐瞒。"

以裘德考的性格，他之所以继续派出队伍探险，肯定不是乱来，一定是有了新的信息。那个新的向导也许就是关键。

"可是，那咱们怎么办？不理他们，继续走吗？"胖子想了想看向我。

我对于那声音太忌讳了，一种极不好的预感在我心中涌动。我对胖子道："我们得爬上去看看。"

我和胖子用砍刀劈开腐蚀最严重的一根横木，爬了出去。外面是一片月光。这里没有大树，我顺着斜坡一路缓缓地爬，就听到人的声音顺着风传来。队伍在连夜前进，已经走开了一定的距离，但秀秀说得没错，坡上特别难走，他们没走出多远，还能看到前面的火光。

我和胖子快步追了几步，胖子一把拉住我，进到草丛里对我摇头。我看向他指的地方，却见前方的高处有火星点——有人在那里。

"哨兵！不能再跟进了。"胖子说着递给我一架瞄准镜。

"你哪儿弄来的？"

"枪上拆下来的。"胖子道。

我拿起来朝前面的队伍看去，看到了一群老外正在灌木上爬坡。他们没有用手电，而是用的火把，在没有路的山上，手电太容易迷路了。

这支队伍大概有十五人，老外在我看来都长得一样，我也没法认出是不是岸边的那一批。我移动望远镜，去找那个向导。

很快我就发现了一个中国人，他背对着我，正在和另一个老外聊天。我一看到他的背影，就打了一个激灵，一种非常奇妙的感觉传了

不能认为为奇怪的事

131

过来。

接着，那个人忽然转过头来，往后看了看，他的脸迅速地闪了一下。

我当时就一愣，接着整个人便跟打了鸡血一样，浑身毛孔都奓了起来。因为，在当时那一刹那，我忽然搞不清自己是否真的看到了那张脸。

那是我的脸。

我看到了我自己。我看到了一个吴邪。

第二十七章 · 我看到了我自己

　　我有点不敢相信自己的眼睛。如果不是胖子在身边，我肯定认为自己是在做梦。当我再仔细去看时，那人却已经走远，在人群中找不出来了。

　　可能是我动作太大了，胖子把我往灌木丛里按了按。我把瞄准镜递给了他，他也抬头去看。

　　我之前心中感到奇怪，在刚才一刹那的心里发毛之后，现在却感到出奇地平静。

　　这不是胸有成竹的平静，而是完全无法理解的平静。有一瞬间的恍惚，我想不起自己刚才看到了什么，那情景诡异得似乎不应该被记下来。

　　这家伙是谁？

　　一个人，对自己的脸真正了解多少？这是一个疑问。我们在照镜子的时候，看到的自己的脸，是否有一个完整的印象？那真的是我自己的脸吗？我还不敢肯定。

我心中很镇定，一直等着胖子的观察结果。胖子看完，脸上却没有任何的惊讶。他趴下来道："中国人好像不多，但天黑得实在看不清楚。你到底想干吗？"

"我觉得这队伍中有熟人。"我道，不管是刚才的声音，还是我看到的脸，我都觉得很熟悉。

"你有熟人？胖爷我有熟人也就罢了，你要有熟人这还真有点惊悚。"胖子道，"你家门口卖茶叶蛋的在里面？"

"没工夫和你扯皮，你看到什么奇怪的东西没？"我轻声问他。他摇头："这支队伍规模不大，但配置一应俱全，典型的老美作风，什么都靠装备。他们走的方向不对，是往回走的。看来他们是从山里出来的队伍，应该是回营地去，和我们没什么冲突。"

"你确定吗？"我问道，"何以见得？"

"确定。从他们离开的方向，往西走就是一条小溪，顺着小溪一直走，下几个断崖就能到村子里。裘德考在那边设置了绳索，有时间的话，走那条路风景很好。而且你看他们的包裹都已经瘪了，补给都没了，肯定是回村子的队伍。裘德考没骗我们，他肯定不会派新的队伍下去了。"

我点点头，心中就开始犹豫了。看来胖子确实没有看到队伍里的"我"。难道是我看错了，还是胖子错过了看到的机会？是不是需要再跟上去确认一下？如果我没看错，那整件事就开始朝我无法理解的方向发展了。

"天真，你怎么回事？你刚才是不是看到什么了，怎么这样魂不守舍的？"胖子问道。

"你有没有看到……看到一个和我长得很像的人？"我问他。

胖子看了看我："你是指，和你现在很像，还是和你以前很像？"

"以前。"我把看到的东西和他一说，他皱起了眉头："天真，你一路过来有没有磕到脑子？"

我有点怒了："我靠，咱们在一起多久了，你还怀疑我的判断力？"

"就是因为和你待久了，才不信任你的判断力，胖爷我又不是没吃过苦头。"胖子说道，"你丫肯定看错了，回去吧。"

我本来有点犹豫，被胖子这么一说，一口气上来，我还非得上去验证验证才肯罢休。正在我们扯皮时，身后忽然有一阵灌木晃动的声音，回头一看，皮包也爬了过来："三爷，老大，我也来了。"

"你来干什么？"胖子问，"别来添乱，我和你三爷正过二人世界呢。"

"我是来找你们学习提高的，您不是说要我多跟着您混吗？"皮包说道。

我问胖子："这小子什么时候拜你做老大了？"

"人格魅力。"胖子说道，然后扭头对皮包呸了一口："滚，别多事，这儿的事你学了也没用。"

皮包才道："其实是秀姐怕你们人手不够，让我上来帮你们的。"

胖子看了我一眼，眼神里似乎有什么意思，他想了想对我道："他来了，我倒是赞成咱们再跟上去看一眼了。"

"为何？多了一个人又没改变什么。"

"三爷，下地您行，要论跟踪，论偷鸡摸狗，胖爷我才是祖宗。我年轻的时候为追一只鸡，爬十几个狗洞都从不带喘气的。在这种林子里要不让人发现，您得听我安排。"

我心说三叔小时候也是一个顽劣之辈，这种事情未必比你差，不过我确实不行。而且就他这身材还能钻狗洞，他待的那地方狗得有多大？但这种吐槽是吴邪的吐槽，我现在戴着三叔的人皮面具，三叔在小辈面前，在这种场合下不可能这么没心没肺，于是我便忍住没再说话。

胖子说完对皮包道："你从左边跟上去，小心上面放哨的。"然后转头对我说："三爷年纪大了，跟着我吧。"

我对胖子点头，胖子指了指一个方向，三个人便开始埋头在半人高的灌木中慢慢地前进。

皮包和我们分开后，我还想再问得清楚一点，胖子这时候却做了个嘘声的动作，拉着我放慢了动作。

我不知道他是什么用意，但知道胖子的想法总是有意义的。于是我跟着他的节奏，慢慢地缩在后面，就看着皮包慢慢地把我们都落下，跑到了最前头。显然，他自己还没发现我们已被落下了。

"什么来帮忙的，肯定是那臭丫头派来监视我们的。"胖子轻声嘀咕了一句，"也罢，让你看看胖爷我的手段。"

我知道胖子不信任小花他们，此时也不想多纠缠，就没说话。

林子里的灌木非常茂盛，我身上的尿味吸引了很多很小的虫子，一开始我还有点分神，但看着胖子专注的表情，我也被他影响了。他所有的注意力都被皮包吸引过去了，和刚才说笑时的表情完全不一样。

同时，我的心中涌起了一阵疑惑。

胖子的表情太认真了，他以往都是浮于表面的认真，而如今，我看着他的眼神，总感觉已经完全不是当年那种插科打诨中偶尔透露出来的认真了。

但刚才他和我说话的时候，分明没有那么在意。

他的这种表情让我感觉到，他对眼前的事情十分紧张。难道他刚才并不是什么都没有看到，而是看到了一些东西，装成没看到的样子？他这样做，是为了不让我担心？

不可能啊，胖子什么时候变成了这种性格的人？他看到我紧张应该很开心才对。

我们跟着皮包前行，足足跟了十分钟，此时我们已经被落下了十几米远。胖子还是保持着那种表情，但始终不肯跟上去。

我终于忍不住了，问胖子："你到底想干什么？再这么跟下去我们就跟丢了，什么都看不见了。"

胖子立即嘘了一声，把我拉近才道："跟不是目的，看清楚才是目的。"

我轻声道："离这么远能看得清楚？"

胖子刚想说话，忽听前边一声警告的哨音刺耳地响了起来。

皮包忽然不动了，接着，树上忽然枪响了，一道火光打向皮包所在的位置。

我和胖子立即抬头，看到前面队伍的方向一阵骚动，所有人都转了过来，照向皮包的方向。胖子朝我点了点头："好了，现在人全都转回来了，咱们能看个清楚了。"

我心说，我靠，你是拿他当饵啊。我立即拿起瞄准镜看，看到在远处的一棵树上，有一道光直直地射下，在草丛里来回移动，那是树上哨兵的激光瞄准器。不论皮包怎么在草丛里跑动，这激光点都死死地咬在他身上，看样子确实是个高手。

"这小子打洞还行，就是奴性太重，不会自己观察情况，而且大场面的经验不够。这一次裘德考带来的哨兵都特别厉害。"胖子说道，"我刚才给皮包指的那个方向，是哨兵的重点盯防方向。"

"你这不是要害死他？"我道。

"不会，老外很环保，枪里都是橡皮子弹，而且轻易不开枪，刚才那一枪是提醒前面的人注意，同时试探皮包，目的是看看是人还是野兽。如果是真了弹，当时营地被猞猁攻击的时候，他们就不会因为换子弹而耽误了最好的防守时间。"

我看着胖子，想不到他还有这种心思。胖子道："没见过这样的胖爷吧？"

我摇头："你最近有点聪明过头了啊，以前没见你这么精明过。"

胖子道："老子混江湖的时候，也不是没有狠过，只是这样过日子没什么意义而已。如今你身边就只有我可以信任了，我不为了你多精明点，怎么对得起咱俩的关系？"说完他指了指前面，"走！趁着皮包吸引了他们的注意力，我们走近点。"

我看着可怜的皮包很快被冲过来的人围住，心中暗叹，但一边胖子已经拉着我迅速靠了过去。

人似乎总是这样，当有了一个焦点的时候，往往会忽视真正的危险。胖子特地选了一条迂回的路线，尽量在手电照不到的地方一点一点地前进。裘德考那边的大部队在往一个地方收拢，皮包又到处跑，我们不用在乎会发出动静，所以在黑暗中前进得非常快。

等胖子拽着我让我停下来的时候，我已经到了非常靠近他们的地方。我抬头的时候还真是吓了一跳，根本没有意识到自己能够跟得那么近，几乎就在他们边上了。

"就算我们现在走出去，他们也不一定能发现异常。"胖子轻声说道，"好了，找吧，你说的那人在哪里？"

我拿起瞄准镜，在人群中寻找我要看的那个人。手电有一些反光，看起来有些困难，我一个个地寻找，忽然一个激灵，我看到了那个人。

这一次我有充分的时间来观察。虽然有手电的反光，但我还是浑身冰凉地意识到，我刚才并没有看错。

我真的看到了一张和我极度相似的脸。

第二十八章 ● 追捕吴邪

看我停顿了下来，胖子问道："看到了？"

"嗯，十点钟方向。"我说，"应该没错，这下你应该相信我了。"说着我回头把瞄准镜递给胖子，却发现没有人来接。

回头一看，胖子竟然不在那里。

我愣了一下，心说，我靠，刚才是胖子把我拽到这个地方的，怎么他忽然没了？

我看了看后面的黑暗，黑暗中没有任何动静，我感到莫名其妙，便喊了一声："胖子？"

我努力又看了一圈，确定没有人之后，就用瞄准镜去寻找。但我一拿起瞄准镜，就条件反射一般自动往刚才那个人的方向看去。

确实是我自己的脸。我看了两遍，惊悚的感觉才慢慢涌上来。

就在这个时候，我一下看到，在那个"吴邪"的身后，胖子竟然出现了。

胖子忽然从灌木丛里站了起来，因为这个吴邪在裴德考队伍的最外沿，谁也没有注意到，就看到胖子以迅雷不及掩耳的速度，一下从后面把那个吴邪死死地卡住了。我目瞪口呆之中，胖子已经把他拖入了灌木丛里。

整个过程不过几分钟的时间，我的瞄准镜里一下就什么都没了。

我放下瞄准镜，完全无法预测接下来会发生什么，事情已经完全超出了我的想象。我抓了抓头发，就觉得一阵眩晕。

皮包最后被逮住了，我看着他被人从灌木丛里逼了出来，一脸的沮丧。不过我完全没有心思去担心他，用胖子的话说，这小子到底是什么成分还不知道，先让敌人考验他一下。这小子如果那么蠢地把那条通道暴露了，其实也无关要紧，无非是送裴德考一份大礼而已。裴德考缺的不是时间，而是如何进入那条通道，然后再活着出来的方法。

看样子那帮老外也不想对他如何，只是很惊讶这里怎么会突然出现一个人。

我没有去看他的下场，胖子很快就扛着一个人出现在黑暗中，他让我赶快过去。我的头有两个大，我知道他扛着的是什么人，但我不知道接下来的情节会如何发展。

这种感觉非常奇怪，好像是本来不想去捉奸在床，但多事的朋友已经一脚把门踹开了。

想来这一定是一个非常重要的转折点，但我没有想到心情竟然是这样的。

我跟着胖子迅速离开了。胖子没有带我回到通道里，而是远远地翻过一个山沟，一路走远，走出去起码有半个小时才停下来。

我不知道其他人看到这人会怎么样，但至少我们做起事情来会很不方便，况且胖子并不信任小花那群人。

胖子点起了小小的篝火并用石头压住，对面的小子已经被我们用藤蔓捆得结结实实。

这么近的距离，我仔细地打量他的脸。我发现我对自己这张脸的了解程度，其实还不如对其他人的脸那么清楚。即使是这么近距离地看，我也找不出什么破绽来。而且，我现在也没有可以用来对照的东西。不过，在这种篝火下，这张脸看上去还有那么几分帅气。

胖子脸色铁青地看着这小子，我问胖子："你怎么也不打个招呼就……"

"当时他站的位置太适合偷袭了，简直就是在召唤胖爷我去偷袭他。我没有太多时间考虑，他只要再往前走几步，就没那么容易了，所以我直接拿下。"胖子道，"好在这小子和你一样没什么体力。不过，这么看着还真是像，如果不是我先和你相认，这小子出现肯定会把咱们都害死，现在我都有点开始怀疑了。"

我看着对方，问他道："你到底是谁？"

对方看着我，没有说话，脸色一片镇定。但我还是发现，他对于我的出现，有一种掩饰得非常好的惊讶。

"你到底是谁？"我又问了一遍，他皱了皱眉头，还是没有说话。

我心中的怒火一下子就起来了，虽然这小子长得不错，但那种表情看上去就令人不爽。我从不知道自己有那么一副看上去很欠揍的脸。

难怪之前一直那么不顺，如果事情顺利了，我回去一定得好好整整脸上的风水。

"你这么问是没用的。"胖子道，"能假扮成这个样子，说明对吴邪很了解，那肯定认识你我，我们问他是谁，他知道自己也暴露了，不会再说什么了，现在要让他吃点苦头才行。你让开，我来把他的手指一根一根地砸烂。"说着胖子就捡起一边的石头，同时伸手想去撕他的面具。

我知道胖子不是虚张声势，他要做还真做得出来。可对方还是没有反应。一来我不想胖子伤人，毕竟不知道这人是什么来路；二来我觉得我的出现可能是他意想不到的，胖子的威吓不如我有效果，于是我阻止了胖子。我站起来，从边上拿起一块石头，便朝他走了过去。

我肯定不会下手，纯粹是吓唬他，但果然比胖子有效果，这小子立即就把头抬了起来。我走到他面前站住。

"你要是打下去，一定会后悔的。"那小子忽然说道。

他的声音和我的十分相似。

不过此时我一下就听出了破绽。这声音虽然很相似，但他说话的语调还是和我有一些区别。

这就有眉目了。我停住了手："为什么？"

"因为我确实是你的侄子。"他说道。

我不由得冷笑了一声，这一声冷笑是毫无察觉的条件反射，是发自我内心的冷笑。这是一个人听到一个确定的谎言之后的正常反应。

我不知道这声冷笑在我三叔的脸上是什么效果，不过那人的身子往后缩了一缩，但他的表情还是一脸的木然和镇定。

我心中一动。这家伙的身体和脸反应并不同步，看样子很有可能也戴着一张面具。不过，这一张的手艺似乎不怎么样，不能准确地把脸部动作表现到面具上，也许他真实的脸上已经是一副被我吓得屁滚尿流的表情了。

想到这个我就有一股快感，看来我确实有非常深的自虐情结，我心中自嘲道。说着我把他一脚踢翻在地，他死命地翻身把自己被反绑着的双手压到身下。

"这么想保住自己的手指，就说实话。"胖子在一边道，"你肯定调查过，知道三爷的脾气。"

那人看着我，我从兜里掏出烟点上，也不说话。我知道说话反而会让他有喘息和思考的机会，就继续压上去。

他爬起来一路退到一棵树边，后面就是灌木了，他再也后退不了了，便立即叫道："我真的是吴邪。我不知道你们为什么认为我是假的，你们最好拿出证据来。"

我心说证据就是我才是吴邪，胖子上去道："证据是吧？给你证据。"说着，胖子去撕他的脸，撕了半天，竟然没有撕下来。

"奇了，这脸好像真的。"胖子说道。

我不懂技术，不知道是什么原因，也上去撕了几下，发现这张脸竟然和真的一样。

我心中一个激灵，一下就看到胖子用怀疑的表情看着我："难道……"

"别乱猜。"我摸了一下自己的脸，"我们不知道窍门而已，你别乱猜。"

胖子又撕了几下那个吴邪的脸，瞬间露出彻底怀疑的脸色了。他看着我，手已不由自主地去按自己的枪了。我心中涌起一股极其可怕的感觉，这种不信任感一下让我感到有些窒息。

第二十九章 ● 真假难辨

我从来没有想到会遇到这种场面。从进入这个迷局开始，从来没有出现过同伴不信任我这样的事情。

一路过来，我一直怀疑这个，怀疑那个，如今也终于轮到我被怀疑了吗？

不，这绝对不可以，如果我的同伴不再信任我，那我在这个谜团里所有能够倚靠的东西就都没了。我立即对胖子道："问问题，不要被他蛊惑了。如果你有任何的不信任，问我问题。"

胖子看着我，又看着另一个吴邪。我忙说："让他先回答，真假立现。"

胖子抓着枪的手慢慢缓了下来，他走到我面前道："不用，胖爷我相信自己的第一感觉，我们继续。"说着他来到那家伙面前："我问你一个问题，咱们默契一点，要是你回答不出来，你就乖乖说实话。怎么样？"

那人看着我和胖子，忽然就摇头："不用了，你们是对的，不用浪费时间了。"

胖子朝我咧嘴一笑，那人忽然又对我道："你让这个胖子走，我告诉你这是怎么一回事。"

胖子失笑，骂道："屄仔，胖爷我还以为你能扮成这个样子，一定是个狠角色，结果这么快就屄了。"

那家伙就笑："我不是不能忍，我是觉得不值得，因为我是站在三爷这一边的。不过，我只能和三爷说，如果你在，我一定不会说，不信你可以试试逼供。如果你们把我弄死了，等你们知道了真相，你们一定会后悔的。"

我看了胖子一眼，胖子还想骂他，我觉得太浪费时间了，就给胖子做了个手势，让他还是回避一下，我们好能早点知道真相是否真实。胖子这才悻悻地朝林子里走去。

我转向"吴邪"："别忽悠我，你拖延时间没什么意义。"

他看着胖子走远，道："小三爷，我没那么简单，事情也没你想的那么简单。"

我愣了一下，就看着"我自己"似笑非笑地同我对视，气氛一下就不一样了。

我没有回答，在那里琢磨是怎么回事。他是不是发现了什么迹象在讹我，还是确实知道我的真实身份？不过我只沉默了一会儿，他就接着道："你不用想了，长久的思考已经说明了问题，何况我是真的知道这是怎么回事。"

我没有表现出什么来，只是把手里的石头扔掉，找了一个地方坐了下来。

这人看着胖子慢慢地离开，蹲到一边的灌木里，才开口说道："小三爷，我是花儿爷的人。"

"小花？"

真假难辨

他点头："小三爷，您记得另一个戴着三爷的面具，在背后去掏王八邱老窝的人吗？那个人就是我。"

"哦。"我想了起来。确实，在长沙的事件中，起决定作用的根本不是我，而是一个我没有见过的人——小花的伙计。小花说，他在做整个局的过程中，根本没有把宝押在我的身上。

"花儿爷的整个计划，我全部参与了。"他道，"您可能对我印象不深，其实咱们并不是第一次见面，在很大程度上，咱们算是老朋友了。"对方说这话时，语气出奇地镇定，"我以前也在三爷的盘口里干过，每次去您铺子盘货的都是我，不过您一般不正眼瞧人，所以对我印象不深。您家的伙计王盟，是我很好的朋友。"

我心中有些阴恻恻的，总觉得有点不太妥当。他继续说道："而我之所以被这么安排，就是为了好好地观察您。"

"我不理解。"我摇头，"我绝对信任小花，你不用挑拨我们两人之间的关系，你再胡说我就抽死你。"

"我明白您很难相信，但花儿爷这么设计，并不是为了他自己。小三爷，很多事情都是上一辈传下来的。"那家伙笑笑，竟然和我的笑无比相似。

同一个和自己长得那么像的人斗智真是一件万分诡异的事情，看着他的表情，我的思维总会停顿一下。我意识到这个"吴邪"虽然和我长得很相似，但他绝对不是像我一样容易应付的人。

不过，我心中没有因为他的话起更多的涟漪。经历的事多了，我已经不会轻易地相信任何话，就算小花在我面前亲口说这些事情，我也不会相信。在这个巨大的谜团里，我只能相信自己看到的东西，这已经是一个基本的常识了。

我冷冷地看着他，还在想他接下来会怎么说。我知道我越是冷静，越容易在他的话中发现破绽，只有发现他的破绽，我才能由此得到更多的信息。

"花儿爷的这个布置，我也不情愿，只不过不得不执行。我戴上了您的面具，比您早一步到了这里，混进了裘老板的队伍中。"

"这么做的目的是什么？我想知道目的。"

"小三爷，裘老板知道很多您不知道的事情。您三叔这一辈子经营过来，他的目的您很清楚，花儿爷就是为了这个目的。不过，既然我已经混入了裘德考的队伍里，您自己就必然不能再出现了。如果花儿爷狠点儿，是可以对您下杀手的，不过说到底，花儿爷还是念公道，所以给您披了层皮也让您过来了。"

这人说的所有话，似乎都符合逻辑，但我发现，他在很多细节问题上都含糊其词。

我也是个喜欢讹人的人，知道这样的对话有两种可能性，一种是这个人本身就喜欢宣扬城府，想让别人觉得他城府很深；另一种是这个人完全不知道事情的细节，为了避重就轻，故意使用了这样的说话方式。

在目前这种情况下，应该没人还有心思装老千，这又不是泡妞。

他在胡说，我心中做出了判断。

他说完之后，我静静地看着他，问道："我问的是，目的是什么？"

他看着我，并没有因为我的逼问而慌乱，肢体上也没有表现出任何的怯意，但显然他有点难以接话。静了半晌，他说道："还真是让我刮目相看。"

"再不回答，我就让胖子回来。我说了，拖延时间没有意义，我不想和你聊这些，我只想知道我问题的答案。你之前全都是在胡说。"我道，"最后一次机会了。"

他低头笑了笑，道："好吧，那我说实话。"说着，他看了看他的左裤兜，"我手机在我裤兜里，你拿出来能看到里面的短信，看完你就知道是怎么回事了。如今我怎么说都没用，你用自己的眼睛看吧。"

我看了看他的裤兜，心说也有道理，就走到他跟前伸手去摸，可我摸了一下，发现裤兜是空的。

我看了他一眼，就看他朝我一笑，瞬间他反绑在身后的手已经脱开了绳子，随即一把捏住了我的脖子，同时双脚一下钩住我的脚。他一钩，我整个人失去平衡，摔在了他的身上，于是他一翻身就把我死死地压在了地上。

我的喉咙被他死死卡住，一句话也说不出来。他冷冷地看着我，这张酷似我的脸让我在心中抓狂：这到底算怎么回事？难道我要被自己掐死了？

"真被你说对了，我确实都在胡说。你虽然比以前长进了不少，不过还是太容易相信人了。"对方道，说着拿起边上我刚才扔掉的那块石头，对着我的脑门狠狠地敲了一下。

我连疼都没有感觉到，就只觉得一阵眩晕。接着，我明显感觉到又是一下。

"只有一句话我没有胡说，我确实是站在你三叔这一边的。"他继续说道，"可惜，你没有你自己想的那么重要。去阴曹地府的路上，猜猜我到底是谁吧！"

第三下又砸了下来，我一下失去了知觉。

第三十章 • 孤立无援

　　是冰冷的溪水把我冲醒的。我醒过来的时候，已经躺在两块满是青苔的石头中间，背后是一个小断崖，雨水聚成的小溪从断崖上流下来，直接冲到我的脸上。

　　溪水非常冷，我的手脚几乎全是麻木的。在这样的状态下醒来，于我也不是第一次了，我知道一切都会在几分钟内好转，但我也不能什么都不做。我努力地尝试活动手脚，身体慢慢有了反应，然后努力动弹几次，终于站了起来。

　　天已经亮了，四周弥漫着一股雾气。

　　这是哪里？

　　我爬起来，努力揉搓着身子，好让血液加快循环。我慢慢暖和了起来，思维也清晰了，马上发现四周有些不对劲——这里的植被完全不是我被打晕前的样子。

　　昨天那个王八蛋，我心中狂骂，但没有力气把心中的一股怨气吼出来。

"可惜，你没有你自己想的那么重要。去阴曹地府的路上，猜猜我到底是谁吧！"我立即想起了他最后一句话，心说，这话是什么意思？

如果他是一个我完全不认识的人，不可能会说这样的话。难道我还认识他？

我脑子里一片混乱。我忽然意识到，自己当时应该在第一时间撕掉他的面具，用刀应该是能割下来的。

我想起不知道谁和我说的，要用人皮面具易容成另一个人并不是万能的。首先是你要易容的人必须和你本来就有几分相像，我和三叔，或者说解连环，有着血缘关系，脸型基本类似，这才有可能易容得非常相似，否则，不可能易容成一个脸型完全相同的人。

我想不出来他到底是谁，浑身的疼痛与寒冷也让我无法深入思考。以那人的身手来看，他不是特别强劲的人，但身手至少比我要好很多。

我环顾四周。我所处的一定是一条干涸很久的山间溪流，地上都是拳头大小的卵石，卵石间长满了野草，因为山间气候湿润，所有的石头上都覆着一层厚厚的青苔。从断崖上流下来的溪水渗入卵石下，能听到水流的声音，却看不到水。

我看向四周的树木——树干上也长满了青苔，厚厚的一层。这个地方的湿度和我被打晕的地方完全不同。

难道我被带出了很远？

我还是一阵一阵地头疼和眩晕，但身体确实比之前好了很多，这得益于我这段时间受到的各种打击。打击这东西，只要没把人打垮打死，对人总是有帮助的。我找了一块比较大的石头坐下来，有点担心地去摸自己的脸。

其实我并不是想摸自己的脸，我是要去摸我的面具。我知道那人下了杀手，不过当时因为胖子就在附近，那家伙没法弄出太大动静，否则我现在根本醒不过来。但即使我没死，我脸上的那些伤也一定是我没法处理的。

我心中的情绪很奇怪，不知道自己是希望这张面具破掉，还是相反。总之两种想法都有。这张面具唯一的好处是让我带着很多人来到了这里，但之后，它给我带来的似乎全是麻烦。

等我的手摸了上去，我才知道厉害——我摸着被击打的部位，感觉到万分的疼痛。我里面的脸肯定已经完全瘀青了，但面具的表层没有丝毫破损。

看来想要逃脱这样的生活也并不那么容易，这面具应该充分考虑到了任何可能的因素。

面具覆盖在脸上，我没法处理伤口，但摸上去似乎也不算太严重。没有溪水也无法照镜子，我只好作罢，先琢磨这到底是什么地方吧。

我顺着悬崖一路往前，慢慢地悬崖矮了下来，我找了一个可以借力的地方爬了上去，就发现上面是一个很陡很陡的坡。奇怪的是，坡上几乎没有什么树木，只有一些小灌木。这是个泥石流坡，应该是近几年间某次泥石流事故造成的。

我应该是从这道坡上滚了下来。我活动了一下手脚，惊讶于自己就这样滚下来身体竟然没有散架。不过活动了一下才发现，我全身上下都有非常不舒服的疼痛感。

不同于一般的瘀伤，我知道这是骨伤的痛感。只不过我身体没有完全缓过来，还是冰冷的，等再过一段时间，各种伤都发作出来，也许我连路都走不动了。

我靠在树上，看着四周的环境，大概能想到昨晚是怎样的一个情景了。我昨天待的地方一定在这道坡的上方。我被那王八蛋打晕之后，他一定是把我直接推下来使我滚到小断崖下的。我无法判断他是否要置我于死地，但显然他不想让胖子再次发现我。

昨天我和胖子审问他的地方边上并没有这种陡坡，看样子他还是拖着我走了一段路的。我回去能找到胖子的概率可能很低了。

我抬腿，开始努力往坡上走去，走走停停，走了一个多小时才发现植物开始眼熟起来，但离坡的上方还有很长的距离。我实在走不动了，往下看，其实也没有走多远，坡实在是太陡，真是很难行走。

最后一段接近九十度的陡坡，我几乎是手脚并用爬上去的，还好这一段只有几米。我翻上去之后，就发现上头是一段缓坡，树木一下高大起来，藤蔓盘绕，和灌木缠在一起，几乎没有行走的空间。

阳光越来越强烈，我靠在一棵树下，被阳光照着，感觉所有的疼痛都被无限放大，有些地方疼得无法言喻。而且走了这么久，我已经没有多少力气了。

千万不要骨折，我心里祈祷。在这种地方骨折就等于死亡了，要是只断几根肋骨就好了。

想着想着，我忽然想笑。想起早几年的各种经历，这样狼狈的场面倒也不是第一次遇到。现在再次成了这副德行，自己的镇定已远大于慌乱了。我感觉自己像是一只苍蝇，被苍蝇拍打了无数次都没死，到了最后，忽然意识到自己的问题不在于为什么没死，而是自己被打成这个样子，为什么还要待在这个拍子下面。

不过至少我不愿意在这里被打死。我心说，上帝把我打残那么多次，肯定不是让我在这里结束生命的。

我打了个小小的瞌睡后，再次咬牙站了起来，几乎是跪在地上寻找摩擦使灌木折断留下的细小痕迹，在灌木中一点一点地找，一直找到傍晚夕阳落下，我才似乎回到了之前和胖子审问那小子的地方。

我们是晚上来的，根本没有什么特别的地理特征能让我记忆，如今更是一点印象也没有，当然也没看到胖子。

我没有停下来，继续回忆，想去找当时老外那支队伍扎营的地方。那里有篝火和生活垃圾，找到那些东西我就能确定其他地方的位置了。

然而，不知道是哪个环节出了问题，这一次我再怎么仔细地根据回忆去找，再怎么仔细地去寻找灌木折断的痕迹，都一无所获。

孤立无援

第三十一章 · 鬼影初现

天完全黑下来之后，月亮渐渐地升了起来。我找了个树窝靠下去，心中第一次有了一些动摇。我在想，是不是我完全走错了方向？是不是之前我一路走过来，跟的痕迹就是错误的路线？那种根据树木折损情况来寻找痕迹的做法，我也忘记是从电视里学的，还是胖子教的了，难道完全是唬人的？

"不过是第一天而已。"我立即在心里对自己说，并开始盘算胖子昨晚会采取什么样的举动。如果他发现我不在了，他不可能自己一个人回去，然后若无其事地和队伍继续往前走。因为假吴邪和我都不见了，他肯定能猜到，我一定是被假吴邪带走了，那胖子肯定会回去通知其他人的。

不，胖子不会通知其他人。从他的表现来看，他现在谁也不信任。而且，这样的事情，他回去怎么说？

如果潘子在，他也许会通知潘子，但如今他肯定会一个人在外面找我。

我继续推测，如果我站在他的立场，我首先会怎么考虑。我会觉得，我是被假吴邪带走了，而假吴邪要么会把我带回老外的队伍中去，要么会把我杀死。他会根据当时的情况来判断哪一种可能性大，从而采取相应的措施。总之，他孤身一人在附近找我的可能性很大。

当然，我也不会忽略另一种可能性，就是那家伙弄完我之后，会回去伏击胖子，但我相信胖子不是那么容易被伏击的人。那家伙把我拖到这么远的地方推下陡坡，肯定也是想让胖子找不到我。从这个迹象来看，这个可能性并不大。还是当成胖子是在找我比较靠谱。

不过，胖子虽然眼神好，但在当时的情况下，也只能大喊着我的名字来找我，可我当时深度昏迷，假如我找一个人，喊了一个晚上，那个人都没有回应，我会怎么做呢？一定是等天亮了，再寻找他留下的痕迹。

显然胖子没有找到我，不过这区域范围很大，找一天未必能找完。他现在很有可能也在这个区域的某个地方休息。以胖子的性格，他不会这么快放弃的。

想着，我抬头看了看天上的月亮。四周一片寂静，只有轻微的虫鸣声，比我们第一次来的盛夏要安静很多。我意识到这是个休息的好时机。

我找了一棵树想爬上其顶端，但发现十分困难，于是我便继续往缓坡上爬，一直爬到我能清楚地看到整个山谷的地方。其实后来我也没到达什么高处的位置，只是站在了一棵树的树冠缺角处。站稳后，我开始扯起嗓子大喊："胖子！"

一声之下，几乎所有的虫鸣都停止叫声了。这个角度似乎很巧，一声下去竟然在对面的山里传来了阵阵回音，山谷里被惊起了一群飞鸟。

我有些吃惊，但随即就不管了，立即放声继续叫，叫了几声，停下来，仔细听有没有胖子的回音。

没有回音，怎么叫，耳边都是山谷里的风声。

我心说，也许是胖子的声音传播没有像我这样可运用到的天然扩音器，所以我听不到吧。我琢磨着要不要弄个火把什么的出来，好让他有寻找我的方向，再配合我呼叫他的声音，也许他是能找到我这里来的。在此时，我忽然听到身下的缓坡传来了一阵灌木摩擦的声音。

我没有手电，借着月光往下看去，下面一片斑驳，什么都看不到。

"胖子？"我立即叫了一声。就听到灌木丛里的动静一下从一边迅速蹿到了另一边，速度非常快。

我立即闭嘴，心说胖子要能以这么快的速度在灌木丛里移动，那他一定是胖贺流的忍者了。下面一定是个动物，听动静还不小。

我想起了这山中的猞猁，摸了摸脚边的地上，心说真走运，身边的石头真多。我一下抓起身边的一块石块，就朝动静传出的地方丢去。

石头砸在灌木丛中，几番弹动。我又丢出去两块，肯定不会丢中，但那东西迅速地离去了，灌木丛一路抖动，直到那东西慢慢消失才恢复平静。

我心说，难道是野猪什么的？我松了口气，心说必须找一棵树爬上去，否则在这种情况下，遭遇野兽的可能性很大。今晚我必须休息好，否则明天一天我就废了。越往后拖一天，我生还的概率就越低，如果明天中午再找不到线索，我就必须回到有溪水的地方喝水，并且想办法顺着溪流走出去。

那条溪水应该是通往巴乃村边上的那条溪渠，至少我希望是那样。

我扶着树干，再次往缓坡下方走去。此时我行走已经十分吃力了，只想着快些找到灌木茂盛的地区，再喊几声就去睡觉。才走了几步，我忽然觉得不对，在月光的斑驳中，我看到黑暗里有一棵矮树的样子有些奇怪。

我打了一个激灵，站定仔细去看，忽然发现那不是树，而是一个人。

是一个肩膀完全垮塌，犹如鬼魅一样的人影。他站在黑暗里，一动不动，我甚至无法判断，他是不是早就在那里了。

我僵在那个地方，不知道自己是应该扑过去抓住他，还是应该转头就跑。随即我意识到，这两种行为我现在都做不到了，选择权应该在他手里。

我干脆不动了，就站在那里看着他。他也没有动，黑暗中我甚至不知道他是正面对着我，还是背对着我。

如果他是背对着我，那他现在就是脸贴着一棵树一动不动，那真是让人毛骨悚然的画面。这东西到底是不是人类？

我手心开始冒汗，僵持了一会儿，我忽然看到他用了一个非常奇怪的姿势站着，可能是他身体结构的原因，那姿势做起来不像是人类可以做到的。

我猜了一会儿，意识到那是让我走过去的意思，不由得脑袋嗡了一声，还没反应过来，那影子已经动了，走向了缓坡的下方。

这是——让我跟着他？

我心生疑惑，就看到那影子走了几步，停了下来，做了一个动作。还是那个意思——让我跟过去。

我想了想，意识到要是对我不利，也不需要这样。荒郊野岭的，他对我怎么杀不是杀，而且要是我不去，他真不开心再把我宰了，我更不合算。

我扶着树干，就跟他往前走去。

一路往前，也不知道走了多久，每次我坚持不住，他都会停下来等我。等走过一段，他忽然停了下来，我也立即停下，不敢和他靠得太近，因为对于他的真实样貌，我有一种发自内心的恐惧感。

我抬头发现，面前是一块巨大的山岩，大得根本看不到顶部。月光下一个巨大的山洞口出现在山岩壁上，里头隐约透出暗暗的火光。

他头也不回地走进洞里，我迟疑了一下，心说"不入虎穴，焉得虎子"，便跟了进去。进洞后几米处火光大了起来，我看到那人已经坐在了火堆边上，原来的黑影一下子被照得很清楚。

他示意我在他面前坐下。我的心跳加速，看着他的脸和身体，浑身微微地发颤。

那确实是一个人，至少他以前应该是。但现在，说他是来自另一个世界，都不会有人怀疑。

这个人整个好像一团蜡一样，先是经过了快速的融化，所有的皮肤上都是坑坑洼洼的烂皮，但这融化的过程似乎又迅速地停止了。他几乎没有肩膀，两只手挂在身体的两侧，肩膀上所有的皮肉全和身体裹在了一起，透过他肩膀骨头上覆盖着的薄皮，能看到里面的关节。

他的脸整个都融化了，头发非常长，非常蓬乱，而且几乎全部打结在了一起。

但我发现他没有胡子。如果头发是这样长，再怎么说，胡子也应该非常长了。但我在这人的脸上看不到一根胡子。

我心中有点发怵，想到了一个让我不舒服的可能性：难道这是个女人？

他裸露着上身，但从他的上身完全无法判断他到底是男是女。身体样貌损毁到这样的状态，他是男是女已经没有意义了。但如果是一个男人变成这个样子，我还可以接受，毕竟如果将我自己代入这种生活，只要自己心沉下来，也不是不能应付。如果是个女人，那她该有多可怜。

　　也许只是脸部的毛囊被破坏了，我心里说。我总不能去扒他的裤子辨别男女啊。

　　他没有说话，只是用手拨着一边的枯枝叶，然后抛入篝火之中，篝火慢慢旺了起来。我慢慢就看到，山洞里还有其他一些了不得的东西。

第三十二章 · 山洞里的秘密

　　那是成堆的老木头箱子，有几个已经打开了，里面是大量的稻草，都已经腐烂发黑，能看到里面摆着成堆的迫击炮弹。凡是油纸破了的，全都锈得一塌糊涂。

　　另一边我能看到几门摆放得很整齐的迫击炮和几支猎枪。

　　看来，轰我们的果然就是这家伙。

　　"很多都没有用处了。"那家伙看我到处看着，忽然就说道。他的声音非常含混，还是分不清楚男女。

　　我转头看向他，他递给我一只军用烤瓷杯，里面是烧开的水。我惊讶于他竟然会说话，如果他只是发出一些怪声，我还能接受，可现在他竟然能够发出那么容易听懂的声音。后来我意识到他毕竟是个人，身体残疾了，嗓子没坏是很常见的。

　　"您……"我不知道怎么开口。

　　"吴三省，你也老了。"他朝着我，似乎在笑，但在他的脸上，任何表情都显得非常诡异，"不过，再老也总有一个人的样子，不像我。"

我愣了一下，忽然意识到我戴着三叔的面具。让我惊讶的是他能叫出三叔的名字，这么说来，这家伙竟然认识三叔。

"你认识我？"

"嗯，三十年了，你大概想不到我还活着。"

"你是？"我忽然意识到他为什么要把我带到这里来。如果他认识三叔，那他忽然在荒郊野岭看到三叔，也一定会惊讶。

我死死地盯着他的脸，这是条件反射。我想认出他是谁，但我是吴邪，根本没有三叔的记忆，我很快就明白这是徒劳的。

"我也想不到，会在这种地方再次遇见你。"他的发音非常含混，带着很浓的方言口音，但不是广西的方言，我听不出这方言来自哪里。"你肯定认不出我了。"他畸形的手在一边的杂物堆中翻动，我看到了他的指甲，黄色的指甲非常厚。

这人就是在闷油瓶"故居"里和我抢箱子的人。

都对上了。

他翻动了一会儿，从杂物堆中拿出了一个东西，甩给我。

我勉强接住，发现是一枚用被压薄的硬币折成的小东西，看不出是什么，似乎是一个五角星。

以前那种铝制的分币放在铁路上，列车一轧就轧成铝箔了，能折成各种各样的小东西。小时候我老爹带我去看火车的时候，经常轧几个给我。不过当时的分币还很值钱，这种玩法一般也只有家庭比较富裕的人才会玩儿。

他把这个东西甩给我。难道三叔看到这个东西，就能想起来对方是谁？看样子对方一定是和三叔关系有点密切的人了。

我脑子转得飞快，所有的信息在我脑子里拼凑出了很多故事。这个人是谁？

他认识三叔，参与了考古队，难道他也是当年老一辈的后人，三叔的同辈？我脑子里出现了一个场景：一个青年参加了一支考古队伍，进山之后中了机关，浑身溃烂。别人以为他死了，但他最后活了下来，被附近村子的猎人所救，使用草药治疗，然后康复，但成了残疾人。他在山中隐居，苟延残喘。为了保护其他人不再受到这样的伤害，他在山里装神弄鬼，把很多人吓跑。但被财宝的传说吸引过来的坏人越来越多，当年的考古队伍的继承人终于出现了。他一路监视，一路等待着出来表明身份的机会，同时心里也十分矛盾，因为自己现在已经成了怪物。在恐吓队伍，想吓跑他们之际，他偶遇了与自己一起长大的好朋友×××，如今他们相认了，准备开始互相吐苦水……

接下来会是怎样的发展？他可能会劝我其中有危险，回头是岸。我要是听从了，就会乖乖回去，这怎么可能？我肯定是不听，那么他可能会和我反目成仇，最后把我干掉，或者就是目送我去冒险，让我死掉。如果是比较悲情的结局，那就是他最后勉强成了我的向导，和我一起进入张家古楼内，最后为了救我而死掉。死前他会和我说，你看我早就和你说过吧。你一定要活着出去！

我甩了甩脑袋，甩掉这些从电视剧里看来的念头。在现实生活中当然不可能发生这样的事情。我觉得他见到我，根本也是没有想到，现在他应该也不知道怎么办，也许只是想和我叙叙旧而已。

不过这人曾经用迫击炮轰过我们，我不确定他当时知不知道我在队伍里。但就这人毫不留情地做的这些事情来看，他并不惧怕伤害他的人，杀个人对他来说一定是一件完全没有心理压力的事情。

那我就不能太放松。我对他的了解太少了，万一他和我三叔本来就有仇，现在一句话没说对，我很可能就会被干掉。他的裤子里鼓鼓囊囊的，我知道里面一定有家伙。

我佯装思考，然后做出了微微错愕的表情："是你？"我沉了沉自己的表情，"你怎么会变成这个样子？"

"难道你猜不到吗？"他喝了一口水，忽然问道，"你现在站在哪一边？"

什么？这句话是什么意思？

我心中简直想抽自己的嘴巴。我忽然觉得压力很大。这种对话跳跃性太大了，里面包含了太多的信息，只有十分默契的人才能对话下去。我根本不知道他问的是哪方面的问题，再这样下去，不出三句，我一定露馅儿了。

"在你这一边。"我想了想道，觉得这样回答最安全。

没想到我刚说完，他就开始怪笑起来："吴三省，你会站在我这一边？外面到底发生了什么，让你变成了这个样子？"

我此时已经豁出去了，喝了口水就道："时代变了。"

"那你现在也赞成，这所有的事情都不应该被世界上的人知道？"

"不应该。"我道。

他没有继续说话，气氛陷入了很深的沉默相视中。

"当年你到底发生了什么事情？"我试探性地问道。

这句话我想了很久，因为从他的态度来看，三叔当年一定没有参与这里的活动。这个人变成这个样子，一定是进入张家古楼造成的，那么三叔是有可能不知道这里发生的细节，如此一来，我这么问还是比较安全的。

"他们，放弃了我。"他说道，"他们放弃了我，不过他们肯定没有想到，我能活下来。"

"这么多年，你就一直待在这座山里？"

"我还能去哪里？"他道。

我看了看他身边的杂物，有很多现代用品，必然不是他那个时候留下来的。"我对这几座山非常熟悉，外面还有个村子，我在这里饿不死。而且我还有这些东西。"他指了指身后，"当时他们走的时候，为了搬运那批碎尸，就把所有的东西都留在了这里。我用迫击炮做陷阱，能打到不少好东西。"

"你就没有想过出去找我们？"

"在这座山里，我才是安全的。我不可能活着走出这个村子。"他道，说着他便站了起来，"你跟我来。"

他从篝火里拿出一根燃烧的枝丫，往山洞的里面走去。山洞也就十多米深，我走到贴近山洞底部的地方，就发现那里有一个直径三四米的大坑，一股奇怪的味道迎面扑来。

他把枝丫往坑里一丢，坑底就亮了起来。我看到坑底全都是白骨，这些白骨都发黄了，和坑底的烂泥混在一起，不知道有多少具。

"这些人都是这几十年来想找那地方的人。他们一定不知道，这些人会死在我手里。"

我惊呆了："这些人全是你杀的？"

"反正他们进那幢楼也是死，与其死在那妖楼里，不如死在我手上痛快。那楼里不能再死人了，再死人那东西就要吃饱了。"

我看着这个坑，又看了看外面的篝火，两处地方不过几米的距离，尸体抛在这坑里，难道不怕腐烂发臭吗？至少也应该掩埋。这人真是疯了，难道他喜欢看着尸体腐烂？

他和我保持着一定的距离，如今背光，他又变成了一个鬼影的样子。他重复了一句："吃饱了，谁也没办法了。"

我听不太明白，正欲细问，忽然就听到坑底传出了一个奇怪的声音，好像坑底还有什么东西。

什么？难道这里面还养了野兽？这些尸体并不是烂成白骨，而是被吃成白骨的？

坑底的火棍子越来越暗，几颗头骨从黑暗处滚了出来。

"里面是什么？"我终于忍不住问道。

没等我问完，黑暗中的东西就滚了出来，我一眼看去，不由得哑然。

居然是胖子，身上被剥得精光，手脚都被捆得非常结实，嘴巴也被布绑住了，整个人像一头待宰的猪，在烂泥里打滚。

"他怎么在这里？"

"我在村子里看到的。他是你的人，所以我没动手。"那人道，"白天他在这附近找你。"

"快，快放了他。"我道。

鬼影从腰间掏出一把小刀，抛入坑里，胖子立即滚过去，反着身子抓住刀，然后迅速割断了绳子，扯掉了嘴里的布条，抖着满身的肥肉就朝坑上冲了过来："老子宰了你！"

胖子才刚冲上来，鬼影就反手从身后掏出了胖子的"小叮当"，一下指着胖子。我立即打圆场："自己人，是自己人。"

"自己人？"胖子看着我，"三爷，您交际面也太广了，和外星人也有生意来往？"

"说来话长，说来话长。"我立即说道，并马上给胖子使眼色。

胖子心中显然非常愤怒，不论是谁，被人扒光扔进泥塘里，心里肯定不会舒服。他骂了十几声，才算平复下来，对鬼影喊道："胖爷我的衣服呢？"

鬼影走回去，在乱物堆里找了几件衣服出来，抛给胖子。胖子拉住我问："到底怎么回事？"

我用口型告诉他："我也不知道，别问了。"

胖子就对鬼影骂道："怪物，老子在路上走得好好的，你偷袭我，有种你和我单练。"

鬼影不理他，问我道："既然你站在我这一边，你来这里是为了什么？"

我坐下来，脑子里稍微过了过整个故事，然后和他说了一个大概，说我侄子的朋友被困在了张家古楼里，我得去救他之类的话。

"是那群人……那群人和你有关系？"他低头。

“你见过他们？”

“他们其中有一个年轻人，身上带着一把刀。”鬼影说道。

我立即点头：“对。”

“他们已经死了。”鬼影说道，“他们已经进到了那幢楼里，已经不在这个世界上了。”

我看了一眼正在搓泥的胖子，胖子完全没在听，只是一味地骂骂咧咧。

“不可能。”我道，“他之前看到过他们，他们还活着，而且……”

“你不相信？”鬼影喝了口水，“你们两个跟我来，我让你们看看这个地方的真相。”

第三十三章 • 山的真相

　　鬼影连火把也不打，就带着我们走出这个山洞。我们顺着那块巨大的山岩往上走去。

　　胖子穿上了衣服，领口全是泥巴。他已经骂累了，几次朝我做手势，问我要不要制伏他，我摇头。这个鬼影行路的敏捷程度，和那种与我们保持距离的气度，让我有一种非常强烈的感觉——即使他是这副模样，他的身手也一定在我们之上。

　　试想，这个人在山里待了这么长时间不出去，显然对于人世间的所有事情都有警惕，不可能见到一个老朋友就放松所有的警惕了。别看他若无其事地走着，他心中的警惕性一定非常高，胖子要发难我看成功率不高。

　　我不可能和胖子说这些，只能不理他，并把当时发生的事情和他说了一遍。胖子道："我靠，胖爷我绑得很紧了，他是怎么挣脱的？想不到那家伙不是个省油的灯啊。你的脸没事吧？"

"也许他身上带着刀子。"我道，"我们没有搜身，是个失误。时间太急了。"

"是缩骨。"鬼影回头说道，他离我们很远，但显然听得很清楚，"吴三省你不会连这个都不知道了吧？"

我心中一动，知道不能再乱说话了，立即嘴硬："不是，我有提防，不是缩骨。"

鬼影没再说话，我就对胖子做了一个不要私自说任何话的动作。

走了十几分钟，山岩上出现了一个凹洞。

我们走到凹洞之中，就看到凹洞里全都是陶罐。鬼影从边上拿起一根树枝，往其中一个陶罐里一伸，然后点燃，又拿起另一边装满水的罐子，不停地往墙壁上泼去。

我大概知道他想干什么，也立即来帮忙。很快水就渗进了山岩之中。

点燃的树枝往山岩的壁上一靠，我们立即就发现，整个山岩上全都是奇怪的影子。

整块岩壁浸水之后，呈现出一种半透明的质地，像玉石一样。

"这是那些石中人。"胖子说道，"我靠，这么多，要是放出来还得了。"

"你知道这块石头里有多少这样的东西吗？你知道这些东西的真实来历吗？"鬼影问胖子。

胖子摇头："这东西不是这里的山神吗？"

鬼影摇头，看向我。我没有露出我是否知道的表情，只是摸着岩壁，做出若有所思的样子。

"这些都是人。"他说道。

"这要从这座妖楼是怎么盖起来的说起。当年我们做这幢楼的考古研究，做了几种推测。"他道，"我们相信，在广西这一带存在着大量地下溶洞体系，张家古楼很可能是利用了其中一个溶洞体系在整个地下山脉中发展得比较深的一个暗洞。但后来我们对这里的山体进行了各种勘探，发现这里的暗洞体系太复杂了，以样式雷图纸的建筑规模，需要太多的人力、物力，才能够在溶洞里建起如此巨大的一幢楼。"

我心说果然没错，他就是考古队的人，看来我的推测八九不离十。

"一开始他们认为这确实是行不通的，这只是张家一个望族的古楼群墓葬，不是皇陵。倒不是说财力的问题，因为这种盗墓世家，到底有多少钱财确实很难估量，主要是一个行事方便的问题。只要不是皇帝，要想在那种世道中隐秘地进行如此浩大的工程，都是很困难的。

"但等他们在山中探索之后，就发现了一个让他们惊讶的问题——这里山上的植被非常奇怪。

"特别是羊角山附近的植被，和其他地方都不一样，尤其是树的种类，那地方的树木，全都是非常好的木料。"

我听到这里，心中咯噔了一下，已经明白了他的意思。我道："我听说，在明朝的时候，羊角山附近发生过大火。"

"对。"鬼影冷冷地说道，"这是他们早就计划好的。"

张家古楼的祖先早在明代的时候，就已经计划要把张家移葬到这座山里，所以他们在明代的时候焚烧了这里的山林，种下了千年后可以使用的木材。

这是一种什么样的精神？到底是多可怕的家族才会进行以百年为单位的计划？

"这些木材种下之后，经过了近千年的成长，长成了羊角山附近的整片山林，工匠进来之后可以就地取材。你会发现这里的灌木非常多，这是因为他们砍伐树木的时候非常小心，在树与树之间平均地砍伐。

"但即使所有的木料全部可以就地取材，可要运入地下的溶洞，也几乎是一个不可能的任务。因为这种大型的建筑，需要整根的木梁，这种巨大的木材是不可能通过那么细的溶洞的。最好的办法当然是有地下河，这样把木材往水里一丢，就能漂到洞里，但这样的条件是可遇而不可求的。他们在这里到处寻找地下水系，可这里的地势太高，是整个广西群山中海拔最高的地方，根本不可能找到地下河。"

"你绝对想不到张家是怎么把这些木材运下去的。"鬼影说，"就在这块山岩的下面，有一个垂直的深洞，几乎从顶部垂直地打到下面。"

"盗洞技巧。"我道。

鬼影点头："鬼斧神工。问题是这个洞是怎么挖的。即使人非常多，要挖出那样的洞，在那个年代也需要很多很多年。

"所有的木材都是从这个洞里吊到地下溶洞中。而且，他们还在这里的山体缝隙中，找到了很多奇怪的铁器。这些铁器像一把把非常长的调羹一样，把山上的很多雨水引入这些缝隙里。我们认为这是为了加速山体内部溶洞溶解，这也是在明朝时就布置好的措施。我们在那个洞的洞口附近也找到了一样的铁器痕迹，你知道这意味着什么吗？"

我摇头，他道："这个洞是被上千年的雨水冲刷出来的。他们在洞口设置了一个铜球，做了一个机关，敲掉表面的岩石之后，里面全是容易溶解的石灰岩。铜球非常重，当雨水被这些机关集中冲刷在这个洞里时，下面的岩石就会分解脆化，铜球本身的重量会把石头整片压碎。在近千年的时间里，铜球不断地往下沉，终于打穿了这个穹顶。"

当你想在某座山上打一个洞，而你有近千年的时间时，其实对你来说很多事情是很容易的。

我听着，身上的寒意越来越甚。这事可能吗？我的第一感觉是太玄了，但脑子里的知识告诉我，这是绝对可能的，甚至都不用那么久的时间。如果水流持续稳定，并且含有某些特定的化学物质，滴穿一块石头可能只需要几年的时间。这也是很多地方山体滑坡频发的原因。

我就是在一个泥石流坡下醒过来的。那里的植被很多，按道理讲，泥石流不会有那么大的规模，显然是因为那里的岩石中本来就有很多缝隙，这个前提是成立的。

而最可怕的是，为什么会有人有这样的念头？

我们想了解的是，到底是怎样的一批人？他们到底过着怎样的生活？做出这种可怕的设计，到底是为了什么呢？

"我相信他们肯定不会只找这么一个地方，因为近千年的时间，中间的变故太多，这个地方可能是他们选定的场所中的一个。"鬼影说道，"在广西，这样的地方并不少。不过最后能逃过旅游和各种工业的发展，在几年后还是蛮荒之地的，很可能只有这十万大山的腹地。"

"这些你们都论证了吗？"我问道，因为很多事情光靠推测是不行的。

鬼影只道："不需要，你听我说完就会信了。"

"基本上我们所有的判断都可以还原成事实，但这个解释到了这里，就有了一个很大的问题。"鬼影拍了拍边上的岩石，"也就是，这座山到底是怎么回事？我们对这些山岩做了很多研究，很快就发现了一个非常可怕的真相，进而我们就发现了这整座山的真相。"他道，"现在你们看好了，我要让你们看一看，这座山到底是个什么东西。我为什么会说，他们进了楼就必死无疑。"

第
三
十
四
章 ● 密
洛
陀

　　"以前，这里的当地人把这些石头里的影子叫作密洛陀。"鬼影说道，"我们一直以为，他们的意思是石头里的这些东西就是密洛陀，然而后来经过对古籍的考证，我们发现我们理解错了。密洛陀指的不是这些东西，密洛陀在瑶族的语言里是老祖母的意思，他们指的密洛陀是这里的整座大山。"

　　"山？"我附和道。

　　"山是老祖母，这些影子是老祖母生出来的子女。我们到达这里的时候，瑶民还未完全开化，对于自己文化中的禁忌部分，他们还是相当重视的。当时我们考察的时候就发现，这里最出色的一些猎人成年后，身上都会刺上一种奇怪的文身，文身的图案是一只类似麒麟的动物。我们在前期对这种行为做了很深的反推，通过对他们文身的演变和一些传说的了解，我们发现这个文身的来历有两个很关键的点。

"第一个点来自汉族的文身师傅。在当地老人的传说中，他们一开始的文身不是这个样子的，不论是文身的技术，还是文身的形状，都非常简单原始。后来来了一个汉族的文身师傅，在这里慢慢地教授，最后文身才变成了这个样子。

"这个汉族的文身师傅是何时来到巴乃村的？根据他们的推测，应该是在明清时期。关于他的信息非常少，只有一个传说提到他是避罪而来，但也无法考证，不过这不重要。我们首先知道了一个信息，那就是在近千年内，这个文身被一个汉人改进过。

"那么，之前的文身是什么样子的，没有人知道。不过，非常走运的是，在我们接下来的调查中，从其他瑶寨那里得到了一些旁证的信息。

"传说巴乃猎人刺这个文身，是有区域限制的。据传，只有在羊角山深处打猎的猎人，才需要刺上文身。在古巴乃人的心中，羊角山这个地方和其他地方似乎是不同的。

"第二个点就是，刺这个文身到底有什么意义？

"难道是辟邪吗？我们的民俗专家否定了这一说法。因为如果是辟邪的图案，村子里应该有相应的文化传承下来，但是一问村里人，谁也不知道文身的用处，只说是习俗。而且，辟邪的图案是不可以被改动的，如果有汉族的师傅修改了图案，那简直就是可以灭族的大事，那师傅不被剥了皮绷鼓就不错了。

"考据过程中又出现了非常多的曲折事情。当时那一代的考据工作十分厉害，一来前一代真正的大师都还在世，要问的话，总有些线索；二来各种老资料比现在的留存要稍微好些，所以我们最后还是发现了原因。

"那个文身是一张非常精密的地形图，当然不是现在意义上的，而是古瑶民在那片土地上经历无数次的尝试之后，找出的在那片领域里最安全的狩猎道路。这条道路十分复杂，在没有地图和文字的时代，古瑶民将其刺在了自己的身上。

"那时的文身只是为了简单地记录路线，后来经过战乱等各种各样的历史原因，文身的初衷被忘却了，变成了一个没有缘由的习俗。到了明清的时候，一个逃入瑶寨的汉人身怀刺文身的技艺，将这些粗陋的图案进行了改良，最后变成了现在这样的文身。"

"所以说，巴乃猎人身上的文身，其实就是瑶民古道的路线。"我想起了闷油瓶的文身，暂时还无法想得太细，但是我知道这个鬼影说的应该是对的，我们也发现过这一点。

"后来我们进入了羊角山一带，慢慢地产生了一个疑惑。"他道，"为什么要把路线刺在身上？难道用脑子记不住吗？或者说，如果这里的山路复杂诡秘到这种程度，不进去不就行了吗？为什么一定要进去呢？如果说一个铁矿所在的地方非常难以出入，采出一公斤的铁要花费一公斤的黄金，那为什么还要去开采？"

"真的那么复杂？"我有点记不清楚闷油瓶文身的细节，不过我确实有印象，那文身是相当复杂的。

"复杂，复杂到人不可能用头脑或者凭本能记住。如果不是靠身上的文身地图，猎人走不到路程的三分之一，就必然会放弃，那路太难走了。"鬼影道，"在这个世界上，能够不用那文身就走完那条路的人，现在只有我一个。"

当时他们尝试根据这张文身地图，找到这条古道的终点，因为他们发现，这条古道并没有狩猎的价值。古瑶民花了那么大的精力，打通了这条古道，显然是为了更加重要的东西。

他们当时正在进行张家古楼的考古项目，自然就把两者往一个地方去想了。他们推测，张家古楼在这里选址，和这张文身地图所影射的十分重要的东西一定有什么联系。

于是，鬼影所在的队伍开始对那张文身地图所影射的古道进行探索。

　　但是他们没有想到的是，古道并没有终点，整条道路是一个封闭的环。

　　"这和这座山到底有什么关系？"胖子不耐烦道。因为水汽的蒸发，墙壁上的影子已经渐渐淡了下去。

　　"你还不明白吗？"鬼影道，说着踩了踩脚下。

　　我们低头，过了一会儿我才反应过来："这就是古道？"

　　"是，这条古道一直是贴着山岩修建的，几乎所有的古道段都在山岩边上，而古道边的所有山岩里，全都是这样的东西。整个古道好像一个非常复杂的符咒图案，把这里的整座山都圈住了。所有这些密洛陀，只在这个圈子里才有。它们在岩石中极其缓慢地游走，但是到了石道边缘，就再也出不去了。"

　　"有……有点意思，继续说。"胖子似乎来劲了。

　　"这条古道就像一道栅栏？"

　　"对，古代的瑶民似乎在饲养这些东西。"鬼影说道，"这是我们的结论。还有人进一步猜测，这些瑶民古道就像是橡胶树上的刻痕，他们顺着这些道路，把山的表皮切掉。这些密洛陀对热源很敏感，所以在山道附近升起火炉，就能把它们引到山体表面来，从而挖出这些怪物。我们不知道这些怪物为什么会在山中产生，也不知道有什么价值，但是有很多的迹象表明，瑶民们就是这么做的。"

　　"难不成养出来的都是漂亮妹子？"胖子摸了摸下巴，"这敢情好，想不到这儿的人还有这种技术。"

　　"你又不是没见过这些怪物的样子，绿得跟啤酒瓶似的，就算是妹子，你下得去手吗？"我哭笑不得道。

　　"咱们见的那些也许还没发育好呢，白素贞没发育好的时候，下半身还不是一条大尾巴。"胖子道，"胖爷我没什么忌讳，绿就绿点，反正不是帽子绿就行了。"

我摇头看向鬼影，鬼影脸上看不出任何变化，他继续说道："问题是，既然是饲养，那密洛陀吃什么？"鬼影熄灭了火把，往回走去，"吴三省，你知道我想说什么。"

第三十五章 ● 我们都是密洛陀的食物

"你是说，这些密洛陀吃人？"

"它们吃能捕捉到的一切生物，最普通的捕食方式是，它们利用一种独特的方式，把误入某些缝隙和洞穴里的生物困死，然后去吃它们的尸体。"

我们跟着他回到洞里。

"你说的独特方式是什么？"胖子问道。

"它们能用自己的分泌物封闭洞穴和缝隙，把猎物困死在山体内部，这个过程十分迅速。这些山里有着大量的缝隙，好像一个迷宫，很多人进去之后，会发现自己进来的入口突然就消失了。"

我和胖子面面相觑，意识到之前在湖底那个封闭的洞穴里发生了什么。

"或者可以说，它们本身能形成岩石。这里的岩石有两种：一种是真实的、原本就存在的岩石，另一种是它们分泌的体液凝固后形成的。这种分泌物形成的石头和这里原本的石头一模一样。它们吞噬、腐蚀岩石，然后将自己的分泌物填充进去，好像混凝土一样。使用这种方法，这整座山就像是一块巨大的果冻一样。它们可以在'果冻'里缓慢地运动，岩石就像液体一般。但是这种方法只对沉积岩和变质岩有效，所以它们遇到火成岩就无法前进了。还有一种办法，就是在石头上泼上强碱，也可以阻止它们。"

"难道说，这条古道周边的岩壁上都涂满了强碱，虽然我们能看到里面的密洛陀，但是它们不会出来？"胖子问。

我摇头："这么多年了，不会被雨水冲刷掉吗？"

鬼影就道："整条山道在下雨的时候就是一条引水渠，在这座山的山顶有一个碱矿层，所有的雨水从山顶冲刷下来，被引入这条引水渠中。你看这些山道的起势特别奇怪，雨水在这里流速特别缓慢，山道的表面有很多积水设计，所以等到流水冲刷下来，这里会是无数的水潭，这些水潭干涸之后，里面的碱性物质就会覆盖在岩石表面。"

我想起之前我们来的时候，胖子带我们走的那条被原木覆盖的古道，那里确实有大量的水潭。

"这么说，这是一个极其特别的原始牧场？"

"我觉得'牧场'这个词语并不贴切。"鬼影说道，"当时我们认为，这就像是一个鱼塘。岩石就是水，这些密洛陀是水里的鱼。鱼可以在这片区域里自由地游动，但是永远不可能上岸。"

"但是这和你说的他们进入张家古楼就一定会死有关系吗？"

"不知道你们有没有钓过鱼。鱼塘有一个十分常见的现象：在一个拥挤的鱼塘里投入饵料，所有的鱼都会被饵料吸引聚集过来。他们进了张家古楼之后，张家古楼四周设置有覆盖着强碱的条石，那些东西是进不去的。但是它们会被里面的人散发出来的热量所吸引，挤在张家古楼四周。所有的东西，都会挤在入口。"

"你是说，我朋友他们会被困死？"

"大概是这样，但是情况比你想的更加可怕一些。如果聚集在四周的密洛陀太多，张家古楼的机关就会启动，大量强碱性的水会从洞顶流下，形成水雾，充斥整个古楼，把聚集在四周的密洛陀逼退。整座古楼会处在强碱性的雾气中，楼里的所有人便都活不了。"

胖子看了看我，我不知道该怎么继续说，胖子就道："等一等。这么说，你进过张家古楼，那你为什么还活着？"

鬼影撩开自己的头发，露出了一张极其可怖的脸，探到胖子面前："你以为我真的活着吗？我只是没有死完全而已。"

我看到他的面孔，立即意识到他身体的这种融化是怎么形成的了，这就是强碱的作用。

"我当时在坑道里，还只是被强碱气体轻轻喷了一下，就变成了这个样子。在古楼里面的人，瞬间就化成水了。"

说这话的时候，他恢复了冷静，虽然他的整张脸都融化了，但是我忽然有一丝触动——我好像认出了他是谁。

他不在那张照片上，不是我猜想的和三叔的那种关系。想想我就出冷汗，但是我确实见过他。我是在哪里见过呢？他是谁呢？

我越觉得自己要想起来了，越是想不起来。回忆了半天，我最终放弃了。我知道，如果不去翻动相册，或者完全放松下来，这么干想只能更糟糕。

"哥们儿，我很同情你。"胖子在边上兜了几圈，发现这个洞里啥也没有，就在我边上坐了下来，"你打算如何？胖爷我认识协和的医生，我看你这情况，整得像人估计比较难了，整个燕巴虎吧。"

"我不会离开这里的。"他喝着水说道，"我带你们到这里来，只是想问你一些事情。之后你们想干什么，和我无关。反正你们在这里什么都做不了。"

我抬头，心中咯噔一下，心说这就要问了？只听他道："我说了那么多了，你也该告诉我一些我不知道的事情了。"

"你想知道什么？"我道，心里有些紧张，但是一想，告诉他不知道的事情，那不等于可以乱说吗？

他道："现在是谁在管你们？"

"你是指管——"

"管你们这批'陈情派'的。"他道，"快三十年了，老于肯定不会在那个位置上了。"

"没有人管我们。"我道，我只能靠大概的猜测来判断他是问当年那支考古队的管理层，"这个世界早就变了，我们这批人没有人管。"

其实我不知道是不是真的没人管，但是至少从解家、霍家、吴家各自的发展来看，已经完全看不到明显的"它"的力量干预的可能性了。

"没有人管了？"他喃喃自语，"你也说没有人管，难道他说的是真的？"

"你还听谁说过？这段时间你和外界有联系吗？"我问道。听他的说法，似乎他还听其他人说过这个事情。

"我不会和任何人联系，你知道他们做事情的习惯，我知道的事情太多了，要想活得自在点，这里也许更好一点。"他道。

我道："但是时代真的变了，你从这里走出去，不会有任何人来迫害你，当年的机构已经没了，大家——大家都在赚钱。"

"不可能，时代会变，但是那东西不会变。吴三省，你何必骗我。"

我叹了口气，不知道应该怎么说。这家伙在这里待了那么多年，巴乃又是一个非常闭塞的小村寨，他可能一直认为整个环境还是当年的样子，确实没有任何渠道让他了解到外面的世界发生了翻天覆地的变化。

"别装了。"这时候胖子说话了。

我回头看他，胖子就道："你讲话讲得那么流利，肯定不是一个人在这里待了三十年。在这种地方，你一个残疾人就算有万般的本事，也不可能待那么长的时间还保持这么清醒的神志。胖爷我以前见识过，人要是一个人过的时间太长，别说说话，连听懂别人说话都成问题。"

我也知道这样的知识，就道："胖子说的是对的，你是否还有什么隐情？"

他发出了几声奇怪的抽风机一样的笑声："吴三省还是吴三省，总是能看到别人看不到的东西。"

"是我先拆穿你的好吧。"胖子不满意道。

我摆头示意胖子不要说话，鬼影就道："我能活下来，是因为当年队伍的向导把我救了回来。那个村子里很多人都看到过我，他们以为我是疯子。我只和老向导有一些联系，他会带一些食物上来，我用一些东西和他交换。"

"就是你杀掉的那些人的东西吗？"胖子道，"你扒了我的衣服，也是想拿去换东西吧。"

"你说的老向导，就是盘马吧？"我问他。

他点头："不管外面的世界是什么样子的，这座山里埋的东西，都不应该被世人所知道。"

"其他人后来怎么样了？"他继续问道。

我想了想，我该怎么说呢？我心中也很感慨，只好编故事，尽量不提个人的事情，只提几个家族和一些听来的八卦。

我说完之后，他陷入了沉默，我能感觉到，后面一些故事他根本没有在听。

我忽然想起一件事情来：我想起了当时和小花的猜测——考古队的真实目的，真的是考古吗？

是否像皮包说的那样，考古队也许是一支送殡的队伍？

我看着那个人，忽然觉得这样的机会不可能再出现了。在这个世

我们都是密洛陀的食物

界上，那支考古队剩下来的人，也许就只有这一个了。如果不问他一些非常实际的问题，实在太可惜了。

但是他对我们到底是什么态度，我弄不清楚。我尝试将自己代入他的经历，觉得他现在对我们的态度应该是十分危险的。

他对其他人的态度应该就是全部杀死。如今他没有杀死我们，只是因为我们与他有共同认识的人，我们出现在了这里，他又想问明原因。他这种人，不可能因为感情而改变自己的原则。我觉得，他漫不经心地说了那么多话，但是明显保持着极高的警惕性，这说明他随时可能起杀机。

胖子的枪在他那里，我们毫无胜算。

不能直接问，我必须万分小心。我脑子里想了一个提问计划，挑了几个问题。这些问题每一个都有回旋的余地，我又自己先过了一遍，才鼓起勇气开口提问。

"到底是什么东西？"这是第一个问题。

他愣了一下，抬头。我问他道："你们当年运进去的，到底是什么东西？"

他看着我，气氛无比沉默，我心中的紧张感越来越甚，很快脑门上的筋都跳了起来。要不是有面具遮着，我的表情一定非常恐惧。

"我不知道。"沉默了半天，他终于开口了。

我立即松了口气，同时心中一阵狂喜。

这个反应说明两个问题：第一个就是，皮包可能猜对了，考古队的目的真的不是考古；第二个是，我这个问题并没有引起他的怀疑，那我后面问问题就会保险很多。

"你不知道？"我问他道，"你不可能不知道。"

"我们所有人都被骗了。"他说道，"一层瞒一层，知道的人恐怕不超过三个。如果我们知道，也许我就不会变成这个样子。"他忽然抬头，"这件事情不是你们'陈情派'提出来的吗？你们也不知道？"

　　"嗯。"我心中有了一个判断——这人看来不是三叔那一派的人，"陈情派"只是我听来的音译，不知道应该是哪三个字，但一定是他们中的一个派别，"我们知道的情况不比你们多。"

　　"弄了半天，原来谁也不知道这一切是为了什么。"

　　"不过，我很快就会知道了。"我说道。我是想试探他接下来会怎么对待我们。

　　他发出了几声几乎不算是笑声的声音，没有接我的话，只道："当年你是不是预料到了结果，所以没有加入我们？"

　　"这种结果还需要预料吗？"我道。

　　"那你为什么还要让你的人参与这件事情呢？你根本不应该出现在这里。你说上面已经不管你们了，你就绝对不应该再来这个地方，这说不通。"

　　"事情有了其他变化。"

　　"是因为那些老外吗？"

　　我想了想，实在没法说明这到底是怎么回事。我到巴乃本身就是为了弄清楚闷油瓶的身世，没有想到会发生这么多事情。

　　"其实，是为了一个人。"我说道，"张起灵。"

　　我说出闷油瓶的名字，看着他的反应，他忽然就笑了起来："不可能，你在开玩笑。"

　　"有什么不可能的？"

　　"你回到这里来，是为了我？"他道，"放你的狗屁。"

　　我愣了一下，忽然整个人就蒙了，好像被雷劈了一下。看着面前的人，我的第一反应是，我想立即跑出去，找个悬崖跳下去。

　　以当时的情况，我几乎在瞬间就要垮下去了。一刹那，我觉得整个世界都不真实，幸好胖子及时拍了拍我，说道："三爷，沉住气。"

"怎么？"对方问，"难道我说得不对吗？"

"我让三爷别和您开玩笑，您现在开不起玩笑。"胖子就道。说着胖子狠狠地拍了我一下，把我从愣怔中拍了回来。

我努力吸了口气，以掩饰我心中的震惊。我不确定我刚才是不是听错了，于是迟疑着说道："你竟然还记得你的名字，我还以为你早就忘记了。"

"我们的名字没有意义。和你们'陈情派'不一样，我们不可以有过去，也没有未来，所以，我在这里也许还比较好。你们觉得我变成了这样很惨，但是我想想，也许这是件好事情。"他道，"说吧，到底是因为什么，让你还要牵扯进这件事情里。"

我深吸了一口气，心说，没法聊了，我好想冲上去一脚踹翻他，把我心中无限的疑问直接甩在他脸上，然后用老虎凳、辣椒水，用一切残忍的手段，让他把所有秘密都说出来。

但是没办法，胖子说得对，沉住气，否则我可能会像前几次那样，什么都得不到。

"真的是为了张起灵，但不是你。"胖子在我边上说道，"是另一个叫张起灵的人。"

好样的，胖子！

胖子一说我还惊了一下，但是我随即发现胖子这句话说得非常好。这是把问题抛给他，让他来分析，他的分析一定会加入大量他所知的信息，这样等于是把分析问题的主动权推给了他。

没有想到，鬼影竟然一点都不惊讶，只是"哦"了一声："他们又找到一个？"

我不作声，心中祈祷："多说点，多说点，多说漏点！"

他顿了顿，就道："我不知道这个名字有什么意义。他们在全国找了那么多叫张起灵的过来，最后能留下的，也不过是我一个而已。看样子，这个计划在我'死'后还在继续。"

当年运入古楼的神秘棺材

我想了一下，心中的一块大石头忽然落了下来。看样子事情不是我想的那样。听他这么说，他们的组织曾经对全国叫张起灵的人进行过排查，他们在找一个叫张起灵的人。而且看样子，他们还集中了一批人，进行了测试，最后只有面前的这个人留了下来。

我忽然意识到，在这段历史中，我所调查的所有使用张起灵名字的，原来并不是只有一个人。这会不会是我查到的信息凌乱而且没有作用的原因？我查到的是两个完全不同的人穿插的历史。

可如果是这样，"它"组织又是为了什么？难道是为了讨个彩头吗？

"也许就是因为你死了，他们才认为，你并不是他们要找的那一个。"胖子继续道，"胖爷我讲话直啊。咱们现在找的这个张起灵，不太会把自己搞成你这副德行。"

鬼影没有理会他，只对我做了一个继续说的动作。

我脑子里稍微构思了一个故事，告诉他，这个张起灵非常特别。我说了很多他的神奇事迹，并告诉他，这个张起灵让老九门的老一辈都很忌讳，所以我是受老九门的上一辈所托，来帮他寻找过去之类的话。

鬼影没有说话，沉默了很久才道："他现在在哪里？"

我指了指脚下："就是你说的那支已经死了的队伍里。他现在在山里，胖子说，在……在一面镜子里。"

"你犯了你这辈子最大的一个错误。"他忽然道。

"什么？"

"你马上就要失去解开一切秘密的钥匙了。"他道，"唯一的钥匙。"

"为什么你确信他们一定会死？"

"总之他们一定会死，这已经确定了。我要是告诉你原因，你一定会觉得还有机会，这只会给你平添烦恼。"他顿了顿，"可惜了，想不到这个秘密有机会被解开。"

"如果你去救呢？"胖子问他。

"比你们机会大一点，但我是不会进去的。不过，我可以送你们进去。走吧。"

"你知道我们的决心？"我心中有些惊讶。

"不，因为我不想亲自动手杀你。"他道，"你知道，我不会让任何人知道我还活着。我没有想到会在这里遇到你。我刚才一直在想怎么处置你们，现在看来，让你们进去死掉，是最合适的。"

他站了起来，把我们带到那些迫击炮弹中间，搬开了几个箱子，露出了几个深绿色的长箱子。他从边上拿起石头，敲掉箱子上的铁封，把盖子踹开。

"你们会需要这些的。"

里面是清一色的冲锋枪，全部用已经发黑的油纸包着，底下是还澄黄发亮的铜质子弹，足有一百来发。

"还能用？不会爆膛？"

"你最好希望它们还能用。"

"把我的'小叮当'还给我就行了。"胖子道，"这些老枪射速太低了。"

"你的枪最多还有二十发子弹，你需要的子弹数量是二十后面加上两个零。"鬼影道，"拿上吧。"说着他拿起两支甩给我们。

我们把枪背到身上，胖子开始拆油纸里的子弹，把子弹压入弹匣，一边压一边问："你能送我们到哪里？那楼似乎很难进去。"

"没有你们想的那么复杂，我会告诉你们，现在说了也没有用。"鬼影从他的杂物中找出几个袋子，把子弹全部抓了进去，然后甩给胖子，"进去之后再弄吧，没时间了，天马上就要亮了。"

鬼影已经迅速走了出去，我和胖子对视了一眼，胖子对我道："别问了，看看就能知道。"

我点头。只听见鬼影在黑夜中打了一个呼哨，我们跟出去，正在奇怪他干吗呢，就看见草丛里一阵骚动，几只猞猁蹿了出来。

他发出了几声怪声，猞猁立即掉头往前走去。鬼影做了个手势，让我们跟上去。

第三十七章 ● 赶路

　　这是很长的一段山路，我本来应该长话短说，但是一路上，胖子还是不放弃地在进行各种旁敲侧击，这个鬼影也根本不防备。很快我就知道他并不是因为对我们没有防御之心，而是因为他认为我们根本不可能活着出来。

　　胖子当时问了几个比较重要的问题，第一个是关于猞猁的。胖子首先问他："这些猞猁是养来吃的吗？"

　　鬼影回答"是"。他以前是做特务的，学过很多驯养动物的方法，这座山因为猎人很少，所以猞猁特别多。这些猞猁都是他养的，现在数量已经很多了。猞猁非常聪明，而且通人性，他用当时特务连教的方法，经过摸索改进，找到了驯养猞猁的方式。

　　猞猁非常强壮，而且速度非常快，爬树、游泳都很厉害。他用这些猞猁害了不少人，包括很多来这里狩猎的人。

　　第二个问题是关于盘马的。胖子问他盘马的情况，但他只是笑而不语，说大概是死了。我们第一次进村的时候，盘马就已经通知了他。但是之后的事情，他并不知道。

我知道他有所隐瞒，但是也不敢继续问下去，之后一路无话。走了不到一盏茶的时间，我们就来到了一个杂草丛生的地方，能看到烂泥中有很多设备和帐篷的残骸，一看就是一个废弃了很长时间的营地。

这就是鬼影他们当年进入古楼的前哨阵地。

我们在里面休整了片刻，鬼影带我们进了一个靠在岩石边上的简陋窝棚。

窝棚已经完全腐烂了，全靠上面的一些藤蔓缠绕着才没有坍塌。我们弯腰进去，立即就看到里面有好几具干尸完全被缠绕在藤蔓里面，身上糊着一层类似于干泥的东西。

"这些人被拖出来的时候就已经全部断气了。被强碱泡死的人，死了都烂不掉，全干了。"说着，鬼影探手进去，在几具干尸身边摸索了几下，从他们身上掰下来一块东西。

真的是掰，因为那东西似乎是一块鳞片，已经和尸体长在了一起。掰下来之后，鬼影甩了甩，把那东西上面干结的烂泥甩掉后才现出了它的本来面目——一个布包。

"这家伙和你们一样，是很厉害的盗墓贼，只是流年不利。这布包他生前一直当宝贝一样，里面有很多工具，也许你们用得着。"鬼影说道。说完，他把手伸到了尸体前面的烂泥里挖了几下，再一提，和着烂泥的竹条编制的盖子被提起，一个洞穴露了出来。"就是这里。"

我探手下去摸了摸，发现这个洞的洞壁是石板的，心中明白错不了了。

"这洞口和我当时走的那个一样，只不过小了很多。"

"有些洞是走人的，有些洞是走其他东西的。"鬼影说道，"你们进去之后，一定会看到很多密洛陀。这里面机关的原理我并不了解，但是有一个窍门——你要找到一个很特别的影子，这个密洛陀和其他的都不一样。在这个影子面前，你可以使用这个。"

他从怀里掏出来一个水壶："里面是火油，你把火油倒在这个密洛陀前面的地面上，油的走向会告诉你们接下去的路线。"

"是如何的不一样法？"我问道。

"我不知道，这个每次都有区别。但是我能保证，你看到这个密洛陀之后，立即能感觉到异样。那种不一样是十分诡异的。"说完鬼影就拍了拍我，"你们好自为之吧，千万别活着出来。"

鬼影说完就立即离开了，留下我们在窝棚里，感觉莫名其妙。

"他没把枪还给我。"胖子郁闷道，"胖爷我好不容易搞来的，我靠，已经有感情了。"

"他要给了你枪，你会如何？"

"我立即打断他的腿，然后把他的猞猁都烤烤吃了。"胖子道。

"那人家是对的，你以为人家傻啊。"我道，"不过他也算有良心，把武器拿走了，但是也给了我们东西。"

胖子边说边翻开鬼影给我们的布包，把里面的东西全部摊开在地，看里面有些什么东西。

边上的几具尸体看着让人发寒，在这些尸体边上看他们的遗物，而且是这种看法，我觉得不是特别礼貌。但当我看到其中的几样东西时，也被吸引了过去——里面倒出来的很多东西我都不认识。胖子脸上也是一半疑惑，一半兴奋。

我问他如何，他从那些东西里挑出一根手臂长的铁刺丢给我。我拿起来仔细看，整根铁刺上了黑漆，不知道是怎么处理的，一点也没有脱漆的痕迹。在手电光下，铁刺呈现出一种非金属的质地，但是从其重量来判断，它一定是金属器。铁刺的尖头非常锋利，在中段有一些增加摩擦力的花纹，仔细看能看到铁刺的一边有六个古篆字。

这是古代扒手用的一种小工具，用来撬开一些很精致的珠宝盒——用这种铁刺插入锁缝，然后一用力，即可撬开珠宝盒。这些珠宝盒一般用锡做成，非常难以破坏。同时这东西也可以用来破坏不是特别结实的砖墙。它是用铸剑的工艺锻造的，在铁刺的中心，还有一根铜制的、有一点儿弯曲的芯，非常坚硬。以前我入手过几根，但识货的人非常少，出手太难，后来就都自己玩儿了。

这些尸体身上带着这东西，看样子是他们平常习惯使用的小工具。这些人早年必然叱咤一方，却不明不白地惨死，躺在这里已几十载，让我感觉有些梁山好汉最后的悲凉。

为了别人的愿望而死，这让我想起了潘子，心中感到一阵不舒服，觉得把他叫来真是错误，不知道他们现在怎么样了。

内疚是一种很不好的情绪。我其实明白，很多情绪的产生，并不是为了别人。对于潘子的安危，我是否真的关心？也许我只是不想自己内疚。如果潘子是抱着自己的目的而来（不论是求财，还是实现自己的某些想法），我会如此担心吗？

我觉得不会。"所有人在一开始就已经做好了迎接自己结局的准备"，这是我的心态。在某种程度上，我的内心已经是一个彻头彻尾的盗墓贼了，也不知道这是好事还是坏事。

这些尸体已经干枯开裂，很难检测死因了。之前鬼影说过，这里很多人的死亡都很离奇，没法一一推测死因，要是因为看到尸体而停滞不前，那就不用进去了。

胖子把所有翻出来的东西都分了类，很多东西我都不知道怎么用。那都是些零碎的小件，还有一些火折子——我对这东西很有好感。还有一些用动物的甲片做的好像纽扣一样的东西，用铁丝穿着，鬼影说这些东西有用，我也不敢不信，就让胖子把这些都收好，万一我们也挂了，这些东西还能恩惠后来人。

里面还有几个让我特别在意的零碎东西，那是几个将硬币压扁之后做成的奇怪的小饰品。我之前看到的时候只是觉得好玩，但这次看到的几个有些不一样。我发现这个铝箔小饰品里包着东西，拆开来一看，发现是一颗药丸模样的东西，闻了闻，是火药。

　　这是自制的照明弹。火药燃烧完之后，会点燃铝箔，产生非常亮的光，虽然时间很短，但是可以在短时间内照亮很大的一片区域。

　　这些是好东西，我心说。我把这些全部收起来，背好枪，催着胖子一起摸进了那条石头隧道里。

第三十八章 · 墙中异样的影子

里面的情况和胖子说的一模一样，虽然鬼影没有解释这些隧道的运作原理，但我也能大致猜到这些机关一定是利用了人类心理以及山体的自然裂缝巧妙设计而成。也许我们继续深入之后，便能发现更多的线索。

利用这个隧道口便可以进入到胖子当时历经了千辛万苦想去寻找出路的隧道之中。我们猫腰进去，因为鬼影和胖子都说这里面不会有什么危险，所以我们走得很快，也没有什么顾虑。我们用手电照着隧道的石壁，一路寻找鬼影说的那个与众不同的影子。

整条隧道的墙壁呈现出一种半透明的绿色，我们的手电用鬼影给的绿布包着，好像一盏能够透视的X光灯。显然，这里的石头特别适合绿色光线的透入。

在这种光线下，我们甚至能看到一些浅层的人影的皮肤。我还没有仔细地看过这东西，此时看到的也只是影子，只觉得这东西的脸部特别奇怪，越是小的影子，脸越和人的相似，但如果是比较大的影子，脸就会很长。在绿色的石头之中，它们都闭着眼睛，像在沉睡一样。

胖子让我别靠石头太近。鬼影说过，这些东西会往温度高的地方聚集，所以我们不能在一个地方停留太久。

一路过去，我们几乎都是尽量集中自己所有的精力在看，生怕漏掉了一个影子，但是走了很远都没有看到鬼影所说的那种"异样"的影子。

"你看这个算不算异样？"胖子奉行"宁可错杀，不可放过"的政策，一看到有奇怪的就说，"你看这影子，好像赵本山一样，会不会是这个？"

"我觉得那个鬼影不可能有机会知道赵本山，所以他不可能觉得这影子有问题。"我说道。

"那这个呢？"胖子对着另一个努了努嘴巴，那是一个呈现游泳姿态的影子，"这个像不像在狗刨？"

"我觉得异样肯定不是看图说话，异样一定不会是那么简单的，否则这里所有的影子都有问题。"我说着，不由得有些顾虑，觉得会不会是鬼影对我们的判别能力太过高估了。胖子摇头说他觉得在那种情况下，鬼影不会犯这种错误，那家伙是特务出身，"不精确的叙述"对他来说是不可能的。

我只好相信。两个人继续往前，一个一个地看，很快我们的活动就成考验想象力的了。

"你看，这个影子好像在憋条。"

"你看，我靠，这个胸部很大啊。咦，为什么下面还有尾巴？"

一开始其实还挺有意思，也能缓解我们焦虑的情绪。到了后来，我们看得太多，连说话的欲望都没有了，只是机械地一个影子一个影子地看过来。

也不知道往里走了多久，既没有看到小花他们，也没有找到那个影子，而隧道好像无穷无尽一样。就在我们已经快进入到梦游状态的时候，我们看到了一个影子！

我和胖子几乎是同时被震惊了，都不禁打了一个哆嗦，互相看了看。我意识到那鬼影确实说得非常对，我们找到了。而且确实只要我们去注意寻找影子，这个影子就绝对不会被漏过。

这绝对是一个让人感觉非常异样的影子。我们在岩壁之中看到的这个影子，身上的手脚非常长，长得甚至超过了这个影子的身高。如果按照我们看到的比例，它简直就像是五条蛇缠绕在一起而形成的影子，也像是穿着长霓裳水袖的舞女。

"双手过膝，刘备啊。"胖子嘀咕道，"二十头身，身材真的好。"

这影子为什么和其他的不一样？难道是个畸形儿？我心中暗暗想道，有点忐忑地拿着手电筒往前。无奈这个影子在岩石中相当深，手电照过去，只有一个黑影。

"接下来怎么办？"胖子问我，"他是怎么说的？我忘了。"

"以这个影子所在的地方为核心点油。咱们的油呢？"

胖子掏出水壶给我："在这儿呢，省着点用。"

"没事，用完了不还有你吗？"我说道。我接过壶来，立即就往地上倒去。

"神经病，胖爷我的神膘岂是让你用来做这等低下事情的？"胖子骂道，"而且我们也没有熬油的设备。"

油一到地上，立刻就开始渗透。我发现，地上的岩石表面看似只是被粗略地凿过，其实上面的纹路是有学问的。油立即开始迅速漫延，往一个地方流去。

"有门儿啊。"胖子说道。我们顺着油漫延的方向，一路缓缓地往前走，走了没几步，一下就看到前面的隧道壁里，出现了一个岔道的入口，很小，只能弯腰进入。

"神了，刚才我们怎么没看到？"胖子说道，"这洞口是怎么产生的？"

我凑到了岔道口前面，发现隧道的口子上是湿的。我摸了一圈，发现很黏，心中感到奇怪，脑子里一道闪电闪过，我忽然感觉自己好像明白了这里机关的运作原理。

但是仔细一想，我又想不明白了。正发呆的时候，忽然就见这岔道口之中亮起了一道白光，似乎有一支手电照了过来。

我心中一惊，立即去看，就见隧道的深处有一道白色的光源，不像手电光那么明亮，距离远且背光压眼，看不清楚。

我用手电照去，抵消了那道白光，一路照进去十几米，却发现里面什么人也没有。胖子也看到了，对着洞里叫了声："谁？"

等我把手电移开，那白光却暗掉了。

"刚才是什么？萤火虫？"我问道。

"是萤火虫就牛逼了，这光那么亮，这虫子该多大啊，最起码得和我的鞋差不多大。"

"那刚才是什么光？难道是鬼火？"我道，"刚才那白光太实在了，感觉肯定是人造光源。"

"这你就没想象力了。"胖子说道，"以我的生活经验判断，刚才那光应该是一部手机。"

"手机？难道是小花的？"

第
三
十
九
章

●

小
花
手
机
里
的
秘
密

　　胖子说得没错，那是一部手机。

　　我们爬了进去。这是一条石板隧道，四周都是用山石修砌成的石板，构成一个方形的通道。

　　在里面我正好可以坐直，胖子则稍感局促。我们来到刚才光源亮起的地方，就发现那里有一道石板缝。

　　前后的石板都是严丝合缝的，只有这里的石板有空隙，不知道是什么原因，也许是和这里的机关运作有关系。那光的确是手机发出的，手机就掉在石板缝里。

　　我一眼就认出来了，这确实是小花的手机。

　　"牛逼啊，他们也来过这里。"胖子说道。

　　"未必。你看这缝隙的宽度。"我用手比画了一下，这条缝隙要比手机窄得多，"手机不可能是从这里掉下去的。"

　　"那为什么会在下面？"

我道："这条缝隙应该能移动，手机是因为机关移动，才从其他地方被带过来的。"我在西沙见过这样的机关，知道只要运作得当，这种机关并不是不可能。

"那怎么把它弄出来啊？"胖子道，"老子手肥，要不你试试？"

我挽起袖子，在手上吐了几口口水，就用力往缝隙里伸。伸了一半我就知道自己傻逼了，手掌能下去，但胳膊不行啊，胳膊下不去，根本够不到手机啊。

"有家伙吗？来狠的吧。"胖子道。我想起刚才鬼影给我们的铁刺，就掏了出来，胖子将它插入缝隙之中，用力捅又用力掰，结果把铁刺都弄弯了，还是没办法。

"算了吧。"胖子说道，"这手机也不是什么值钱的东西，最多胖爷我再给他买一个。这款式看着也老了，咱买个什么平底锅送给他。"

我心说还有这牌子的手机呢，就在这个时候，缝隙里的手机又亮了，闪了几下又熄了。

"这是怎么回事？难道这洞里还有信号？"

"不是，这是手机电池警告，手机快没电了。"我道，"翻盖没合上，有点耗电。"

翻盖没合上？说完之后，我自己心中也一动，心说，那就是说，手机不是小花不小心掉落的。因为手机翻开的幅度那么大，不可能是因为掉落过程中岩石的摩擦而翻开的。

这么说，小花当时应该是翻开了手机。但在这个地方没有信号，小花为什么要打开手机呢？无论是打电话还是发短信，在这里都没有必要。

"不行，还是得把它弄到手。"我说道，"我觉得有问题。"

胖子叹了口气，说了句："你丫就是多疑。"我没理他，翻出了鬼影给我们的所有装备，开始砸那缝隙。一直硬砸了半个小时，终于将缝隙砸出了一个豁口，似乎是可以让手机通过了。胖子用铁丝当筷子，把手机从缝隙里小心翼翼地拨弄着夹了上来。

手机磨损得非常厉害，我吹掉上面的灰尘，把手机按亮，一下就看到手机屏幕上的一条待发短信。

"打开手机内存，里面有我们经历的一切。"

"这是什么意思？"胖子奇怪道，"他玩什么呢？"

"看视频。"我说道。手机还有百分之十的电量，应该能坚持到我看完。我立即操作进入了手机视频的界面。

视频库里有一段视频，我按开之后，立即就看到了小花的脸。他后面就是潘子，正在抽烟。小花在对边上的人说些什么，麦克风离得太远，听不清楚。说了几句之后，他才把头转向摄像头，说道："三爷，我不知道你是不是也出了什么事情，但我们遇上大麻烦了。"

因为离镜头太近的关系，小花显得特别好玩，身后的潘子给他用手电照亮，照得他的脸很阴森。他喘气看了看四周才道："从现在的情况来看，我们很可能会死在里面，我们现在准备用一个冒险的办法。我们进入这个洞里才半个小时就发生了变故，胖子指示的路线图上很多地方已经坍塌了，过不去，现在我们已经无计可施了。"

说着小花的摄像头照向了四周的墙壁，潘子给他照明。我看到了墙壁，镜头一闪而过，但还是能看见，那里的石壁上没有影子。

镜头转了回来，小花继续说道："这里的墙壁里什么都没有，我们砸了一下，发现里面全部封结实了，显然有人发现了胖子能从这里出去，把所有的通路都封闭了。"

镜头转向潘子身后，是一条深不见底的石头缝隙："两边的口子都被封死了，我们不知道发生了什么事情。现在是七点十二分。"说完之后，镜头忽然一片晃动，接着就转到了潘子那边，潘子对着小花喘气说道："别录了，没时间了。"

"必须有记录，否则我们就算白死了。"小花的画外音。

胖子皱了皱眉头，镜头又转回了小花那一边："好了，现在我让你看一个东西。灯光！"

镜头开始调整，远近收缩，旁边照在石壁上的手电光圈放大，然后镜头往前推进，我们一下就看到，石壁上并不是没有影子，而是没有那么多的影子。

我们在手电光照着的石壁上看到了一个巨大的黑影，在手机的拍摄下并不清晰，但我们还是能判断出它的大小。

它最起码有四人多高，一面墙壁根本容纳不下，几乎整个洞壁的顶部和两边的墙壁全部被这黑影包围了。我们能很清晰地分辨出，这巨大的影子有非常长的手脚，好像缎带一样延伸出去很远。

"这东西行进的速度非常快，大约是在我们被困在这里半小时之后就开始出现了，以这个速度，十几分钟之后，它就会从岩石里出来。这东西一看就是另外一个品种的，我们现在准备先下手为强，在它还没出来之前，看看能不能弄死它。但是不知道它到底是个什么东西，所以祸福难料。"小花继续道，"不管是谁，如果你到了能看到这种影子的地方，一定要小心。"

说完，就听到潘子大吼了一声："岩壳裂了，大家准备！"镜头一阵晃动，接着就黑了。

我习惯性地以为是手机出了问题，晃了晃，才发现是视频放完了。很快屏幕又亮了，回到了选择视频的画面上。

我看了看胖子，胖子看了看我，我们良久没有说话。

"你说他们会不会有事情？"

"小花录这段视频的时候是四小时前，不管有没有事，现在我们什么都做不了了。"胖子说道，"看样子，这石壁里的密洛陀有两个品种，除了最常见的人形，还有一种特别巨大的，就像我们刚才看到的那种。"

"我们会不会有事？"我忽然就不安起来，想到鬼影曾告诉我们不能在一个地方待太长的时间。我们在这个地方待的时间已经有些长，不过四周都是真正的石板，在这里应该相对比较安全。

"不知道，不过最好还是快点前进。"胖子说道，说完下意识地把手电照向身后。

瞬间，我们都愣住了。胖子的手电光照到了我们进来的位置，我们就看到，在那入口的边缘探出了一个奇怪的东西。

第四十章 ● 密洛陀的祖宗

让我毛骨悚然的是，那东西太巨大了。

那是一个巨大的肉球，乌漆抹黑，没有五官，我们能看到的，是那东西身上贴满了黑毛一样的东西，就像一个巨大的、潮湿的肉球上贴满了黑毛。

它只有一半探出了入口的边缘，就好像一个害羞的人正在偷偷看着我们。

没能再看仔细，胖子就大吼了一声："快……快跑！"说着手电光就转了方向。

我们几乎是连滚带爬地往隧道的深处跑去。几步之后，隧道有一个直角的转弯，一下我们就冲了出去——前面是一个山洞。

胖子用手电一照，发现山洞里有一个水潭。他冲过去几步，就回头对我道："就是这里！你看镜子！"

我没空去看，就看到洞口竟然有一道石门，立即对胖子道："帮忙先把这儿给堵上！"

胖子过来和我一起用力顶门，把门堵上，胖子就问我："那是什么玩意儿？"

"密洛陀祖宗。"我道，心说在这地方出现什么都不奇怪。

我们在门里面等着，等了很长时间，门后面没有什么动静。

"祖宗还是比较讲道理的。"胖子说着就想去开一条缝看看，我急忙把他拉住："别，也许人家祖宗年纪大了动作慢。"

我们两个人趴到门后面，贴着门听着，门后面一点声音都没有。

"怎么办？"胖子问道。

我心说刚才也只看到一脑袋，那通道非常狭窄，也不知道它能不能进来，也许正卡在通道口呢，便道："以不变应万变，要是它在门后面，我们也没有把握能弄死它，先别动，等着呗。"

胖子想了想："成，那你跟我来，我让你看一样东西。"

我看了看门，就跟着他顺着水潭边的石梁往里走。他用手电照射水下，我立即就看到了他之前说的那个场景。

那是一面大镜子，有六七米宽，手电照下去，我一下就看到了镜子里的古楼，惨白惨白的。但是没有胖子说的那么清晰，很多细节并不能看清楚。水下巨大镜面里的张家古楼，宁静得就像一幅画一样。整幢古楼笼罩在一种暗青色的光源下，没有看到任何手电光闪烁的迹象。

胖子指着其中一个位置，说道："就是这里，我之前看到他们就在这里休整。"

如今那个地方什么都没有，不要说人了，连手电光都没有。

难道是照明设备没电了？我心说。不过，我知道那不太可能。

闷油瓶他们所带的手电有两种，除了最基本的"狼眼"光源，还有一些是手压发电式的手电。虽然这些手电的射程和光照强度都没法和"狼眼"比，但这种手电没有电池的问题，只要你的手有力气，你能几千个小时地使用下去。这样配置的目的是让照明时间最大化，在探险的时候使用"狼眼"，在休息和露营的时候使用手压式手电。这种手压式手电还有储备电池，你打个飞机的时间就能把它充满，充满后能使用四十分钟到一小时。

通过这种照明电源的分配，加上备用的电池、荧光棒和冷焰火，我们可以使探险的照明时间延长一百多倍，在洞穴中待上十天半个月都不是问题。

当时店家和胖子解释手压式手电的储备电池时，胖子还开玩笑说，要是以胖爷他打飞机的时间算，他能把这手电充爆了。

"看里面这么安静，小哥他们总不会是已经被强碱融化了吧。"胖子喃喃道，"被那个死畸形说中了，咱们来晚了。"

我摇头道："在看到他们已经死了的证据之前，我是不会放弃的，就算他们已经融化了，我也要找到他们的骨头带回去。况且，真实的情况是他们有可能在楼的深处，我们看不到。或者可能关掉了光源，因为只靠这些冷光，也可以做很多事情。"

"有道理，死老太婆比较抠门儿。"胖子道，"也许他们的情况不好，已经懒得花打飞机的时间给手电充电了，或者干脆在睡觉。咱们先别琢磨太多，你先研究一下这镜子是怎么回事啊。大学生同志，你见多识广，帮忙给诊断一下，我真的觉得太邪门儿了。"

我蹚水绕着镜子走了几步，发现镜子是用铜制的乳头钉打在石梁上的，整个形状像一把圆形的扇子。

镜子完全是铜制的，黄铜锃亮犹如擦拭过的金箔，镜面两边卷起，其实更像一只很大的水盆浸在水下。或者说，我认为更贴切的是，像一口巨大的火锅。镜子的边缘雕刻着百兽图案，光看风格已判断不出朝代，但能看出这些图案不是铸成，而是人为用丝雕方式雕刻出来的。

如果不是镜面非常光滑，我会认为这东西其实更像是一面"鉴"，而不是镜子。

密洛陀的祖宗

我抚摩着这些雕刻出来的东西，很快意识到，之前我的第一感觉是错的。这东西不是铜的，这是一面鎏金式的镜子。不知道是在什么材质的镜面上贴了极其光滑的金箔，才使镜面在这么长时间里保持那么高的反光度。

正好是我最熟悉的东西——鎏金器是我的老本行。

镜面的做工让人叹为观止，如果你站在水面之上，光滑的镜面几乎和水面融为一体。在水中走动，水波颤动，水下的镜面也会生出涟漪。手电光随着这些涟漪反射到岩洞的四壁，好像整个岩洞都在波动，景象非常绮丽梦幻。

我潜入水底，用防水的"狼眼"看镜子的背面。镜子背面有十几个巨大的镜钮，形成了一幅巨大的星图，在星图的中间，是很多的古篆字，密密麻麻不知道写的是什么。外沿是很多类似于八卦的图案，把星图围在里面。

我前后潜了好几次，试图看懂古篆字里的内容，但很快发现不行，这些古篆字用的笔法特别奇怪。我辨识起来非常困难，只能认出"天地""福寿""泉溪"这些字来，但是很难联系成段。

我浮出水面爬到梁上。现在我可以确定，镜子本身绝对不会有什么机关，镜子只有一个巴掌厚，没有太多空间可以架设机括。

如果里面有什么蹊跷，那唯一的可能性就是，这镜子里有一台巨大的液晶显示器，连通着张家古楼的监视器。但是看这镜子的古老程度，应该还在明清以前，不仅液晶显示器不可能，那时连玻璃镜子都还没有出现呢。

这东西很大程度上是一件老物，就和在四姑娘山悬崖洞中发现的那些青铜机括一样，都是从上一幢张家楼中带出来的。但是，如果不是镜子本身的问题，那这是怎么回事呢？难道张家古楼真的是在这面镜子里？

第
四
十
一
章

●

古
镜
中
的
玄
机

胖子说得很对，在这个时候，我之前学的基础知识是非常关键的。如果不懂基础物理学，很多人往往只会注意楼是怎么出现在镜子里的。但是我知道，这面镜子最离奇的地方根本不在这里。

镜子要反射东西，需要光源，没有光源的地方，镜子不会有任何的反光点。

但是镜子中的古楼笼罩在一股惨青色的光中，这光不是我们的光源，而是古楼自己发出的光。

光源来自镜子里面。

这也就是说，只要我关掉手电，那整个洞穴唯一的光源，就是这些青光，青光会透出镜子，把这里照得青幽幽的。

但是我们刚刚进来的时候，这个洞里是一片漆黑的，从镜子里没有任何光线放射出来。

"关灯。"我对胖子说道，说完也立即关掉了自己的手电。

整个洞穴一下暗了下来，按照正常的物理情况，此时镜子里的青光应该会成为主光源。

但是现在整个镜子一下就黑了，洞穴变成了绝对的黑暗，只有胖子手电上的荧光标志在发光。

"啪！"手电再次被打开。

再照镜子，里面还是我们之前看到的样子，惨淡的古楼安静得犹如化石。

胖子问我在干什么，我把我的理论大概和他说了一下。

他听不懂，但是明白了我要试验的目的，便对我道："直接说结论，天真，别跟我这种文盲客气。"

"这说明这个现象和光的传播没关系，只要有光源照射到镜面上，这镜子就会启动，显示出影像来。但是据我所知，中国古代没有光敏的技术。中国古代有记载的使用光线来开启的机关，一般都是利用动物的趋光性，是短效的机关，一般只是些用来逗乐的手工艺品。"我道，"也亏得中国古代没这技术，否则在古墓里就只能摸黑倒斗了，一点火把就会触动机关全死。"

"你这说了等于白说啊。"胖子摸着下巴，"你这不就等于告诉别人，丫这镜子牛逼，你丫搞不懂是怎么回事吗？"

"那不一样，我是从原理上来反推，这样就可以排除很多错误的思考方向。你让我想想，我相信伟大的无产阶级战士是不会被怪力乱神打败的，所有的现象都有自然原理在背后。"我被他说得有点恼怒，就让他别说话。

"抢我台词。"胖子嘟囔了一声，"得，你想吧，胖爷我吧嗒一根。"说着就缩到石梁上点烟抽起来。

终于也有将胖子一军的时候了！我嘿嘿一笑，想着就再次把目光投向镜面。

说实话，我确实觉得这面镜子太牛了，但是以我对中国古代一些工艺技术的了解，这一定还是可以被我们所理解的。

中国古代一些能工巧匠的工艺技术已经到了鬼斧神工的地步，但他们仍旧是工匠，而不会成为真正的神鬼。所以，我们的眼睛看到的东西，很多时候犹如神迹，但是说破了，往往也只是"障眼机巧"四字而已。

首先要考虑的是，如果我自己要做这样一面镜子，会使用什么样的方法？我用手电在镜面上滑动，看着那些光源的点，忽然想到以前做实验的时候，老师说的一种实验方法。

一个现象一定有一个起点和一个终点。有的时候这个起点和终点本身并不重要，重要的是，起点是如何到达终点的。只要通过不停地改变参数，仔细观察变化，就能知道很多线索。

我举起手电，开始扭动手电的光圈。我们之前只有明亮和黑暗两个参数，现在我要看看，从最亮到最暗，这面镜子是如何变化的。

胖子关掉手电配合我。我慢慢把手电拧暗，立即就发现，整个镜面里的青光也在缓慢地变暗，而且变慢的幅度和我手电变暗的幅度完全一致。

我再把光源慢慢地拧亮，镜子之中的青光竟然也慢慢地变亮了。

我不禁莞尔，刚才对这面镜子技术的高估一下就消失了。我立即就对胖子道："你看，没那么神奇。这镜子里的青光，就是我们手电的光源。我们的手电亮，里面就亮；我们的手电暗，里面就暗。"

胖子在梁上也看得很清楚，点头："我们的手电光能通过这镜子，射到这座楼里去？"

我摇头。我们的手电虽然是"狼眼"，能把人给闪盲了，但是要用来给这么大的一座楼照明是不可能的。

真实的情况我还无法完全推测出来，但是，既然这镜子里光线的问题这么简单，那我觉得其他的情况解决起来也一定不会太困难。

二叔教过我，凡事都要看目的，由目的才能推测出很多从正面推测不到的方面，这是我从老一辈那里学来的最有用的一句话。我摸着被冰冷的潭水冻得发麻的腿，开始思考，这面镜子放在这里的目的是什么？

"你说这面镜子放在这里，和风水有没有关系？"我问胖子。

胖子说道："一些阳宅风水中会用到八卦镜，不过这也太大了。这镜子要挂阳台上，都能把飞机晃下来。你就整天在阳台上看着掉飞机吧，今天掉一空客，明天落一波音，多热闹。"

"又打飞机又晃飞机，你和飞机杠上了是吧？咱们没时间了，往正经了想。"

胖子最后吸了几口烟，把烟屁股掐了丢进水里，又点上一根："我要想得出来早就想出来了，然后杀进古楼，把小哥他们全部救回来，那么现在这时候我们已经在北京吃烤鸭了，还用在这儿嘬烟屁股？你多想想，别依赖我。"

"你不是风水大拿吗，还问我？"我问他道。

他摇头："这高深的我肯定没辙啊，何况那时候你啥也不懂，老子乱说也行。现在你丫进步了，我得兜着点。"

我心说，我靠，原来那些都是你乱说的。胖子继续道："我觉得你琢磨风水没用，这风水，要懂的一眼就懂了，要不懂看瞎了都不懂。你要真想听我的意见，我可以告诉你，我当时的第一反应以为是上面的倒影。不过你看上面——"他把"狼眼"手电指向头顶。这个山洞往上的纵深十分深，能看到上头全都是乱石，但是具体看不太清楚。

我掏出一根烟，从胖子嘴里扯过烟点上，再给他塞回去。胖子的手电光在头顶上来回地晃。

"上面全是石头，什么都没有，所以我才觉得，这楼就在镜子里。"胖子把脚踩到镜子上面，"如果这镜子里的影像是从那儿倒映下来的，我走在镜子上面，肯定就会挡住镜子里的影像，但是显然没有。比起你这个大学生，我虽然没什么文化，但基本的道理我还是懂的。"

我看着上面的岩石，又看看胖子在镜子上搔首弄姿，来回看了好几遍，我觉得胖子说得一点没错，但是我心中产生了一丝异样。

也许是因为最近我身边有太多的欺骗和设计，所以我对于很多事情的破绽有着一种敏感的直觉。我忽然觉得，这个洞不够严谨。

这就好像一个魔术。说起魔术这个东西，最牛逼的魔术是街头魔术，魔术师就在你面前没有任何掩饰地表演。魔术高手往往给人感觉有特异功能，这是最厉害的。

其次就是舞台魔术。舞台魔术里很多最基本的桥段，都需要布匹遮挡，或者使用箱子。舞台魔术的原理在于，使用布匹和箱子并不能改变这件事情的不可能，但是因为我们知道魔术大多是错觉和陷阱，所以，聪明的人会立即知道，蹊跷一定就在布匹后面或箱子里面，只是掩饰得很巧妙，我们看不出来而已。

现在这种感觉就是舞台魔术的感觉。如果这里的设计工匠要把张家古楼就在镜子里这件事情做实，那么是否应该寻找一个矮一些的山洞，这样我们只要抬头往上一看，就知道洞顶上也不可能做手脚。

但是这个洞顶太高了，有些看不太清楚。虽然我们基本上可以判断洞顶上除了石头很可能什么也没有，但是因为它高度很高，让我觉得如果有万分之一的可能性，那机关也一定会藏在洞顶。因为我们四周的情况太明显，不可能有任何机关的可能性。

那可能性就一定在我们看不到或者还没有看到的地方。

当然，这也许只是我一时的错觉。如果有一个人告诉我，你必须拆穿舞台魔术师的把戏，否则你就会失去你的朋友。我首先要做的，当然是踢翻魔术师的箱子，看蹊跷是否在里面。

"我们得爬上去看看。"我对胖子说道。

第四十二章 • 山洞顶部有东西

经历过四川的冒险后，攀爬对我来说已经不算是什么难题了。我目测了山洞的高度，有六十多米，大约二十层楼的高度。好在这山岩要好走很多，不到一小时，我就爬得非常高了。最让我觉得自豪的是，全程爬下来，我耳朵上夹的烟都没掉下去。

我用铁刺绑上绳子，做了简易的安全绳，等我发现想要再往上就十分困难的时候，我离洞顶还有十米左右的距离。

胖子在下面呼应我。我用手电照射洞顶，上面全是狼牙一般倒挂的钟乳石。果然不出我所料，我发现这些钟乳石之间有东西。

但是这些钟乳石太大了，而且犬牙交错，在这个位置我还是看不太清楚。

"有什么东西没？"胖子在下面非常期待。我心说，你自己不爬，老子就不同你说，气死你！就没搭理他。

胖子在下面锲而不舍地叫着，我定定神就尝试着在悬崖上变换角度，好几次我都差点掉下去，但还是看不清楚。

我喘了几口气，感觉有些郁闷，好不容易爬这么高，还是白费力气。

胖子叫道："日照香炉生紫烟，紫烟生在此山间。你那位置不可能看清楚，你给我照着，手电打到最亮，我来看。"

我骂道："你没文化就别念，要念也把舌头捋直了再念行吗？"

"老子活跃气氛，你丫心急就心急，别老挤对我，再啰唆我把你日出烟来，还不一定是紫烟呢。"胖子就怒了。

我暗骂，只好把手电往钟乳石里照，结果照了半天，他也看不出什么花儿来。但是他也看到了，在钟乳石中间有东西，个头不大，但一定是人造的。

"看不到的，太远了，光线不够强。那死畸形把我的望远镜拿走了，否则还能看清楚点。"

核心问题还是太远了，"狼眼"的照明距离其实不近，但是人的目力有限，在这种聚集的光线下，如果东西太小，而且又不是你熟悉的东西，你就很难根据形状判断那是什么。在这种情况下，要么用望远镜，要么就得靠得更近。

我往上看，上面确实很难攀爬，危险系数非常大，但是这个时候，我已经决定要铤而走险了。

我对胖子做了一个我要继续往上的手势，也不管他有没有看到，就勉力继续寻找可以落脚的地方。又往上上了几步，我就发现，再往上全都是光滑的石灰瀑布了，而且是一个反向的角度，我只要踩上去，过不了三秒钟，我便会血肉模糊地趴在胖子面前。

我不知道在那个位置纠结了多久，胖子在下面叫了无数次我也没理他。我爬都爬得这么高了，不甘心就这么下去，但实在没辙了。最后胖子在下面也无奈了，对着我叫："下来吧，工头答应给钱了。"

一直停在那地方，我的锐气耗完了，只得灰溜溜地爬下去。一路落到地面，胖子直朝我摇头。

我拍了拍手，就叹气："这下我也彻底没辙了，你有什么损招就上吧。"

"胖爷我有损招早上了，我早没辙了。不过你不算没成果，至少知道这上面确实有东西。"他道，"其实，我有一个办法倒是有一线可能，不过我没敢说，因为太冒险。你可以用铁刺做一个钩子，看看甩过去能不能钩住什么，然后人再荡过去。"

"那我怎么回来啊？"

"回来个屁，等找到入口，我去楼里把小哥他们救出来，然后再来救你。你就挂在上面，抽抽烟，想想我们以后的好日子。"

胖子的方法可行，但是太扯淡，我肯定不干。先不说上面那东西是否真的和入口有关，就是真让胖子去了，他要是也死在里面，那我就要挂在这里饿死了，这种死法太苦逼。

攀爬了一次，身体机能消耗很大，我的手指都有点发抖，便一边活动，一边去水里泡着。就在这个时候，我忽然发现我手上的感觉不对。

用手电一照，我发现我的手指间黑黢黢的，指甲里全是黑的。

污垢？泥巴？

但是手感很滑腻，不是泥巴的感觉。我闻了闻，就闻到指甲里有一股奇怪的味道。这味道还真不是所有人都能闻出来的，但是我一下就明白了上面沾了什么。

"别看了，老娘儿们一样，还这么讲究。"胖子骂道。

我道："不对，这是火油的味道。"说着看了看四周的岩壁，"这些石头缝里有火油。"

我来到岩壁边上，探手进去摸了摸，里面是干的，什么都没有。然后我继续往上爬，一路爬到三四人高的位置，再往石头缝里探手，一下子就摸了一手的黑油。

火油是一种特别的油，它的配料千奇百怪，很多配方调制出来的油都可以被称为火油。唯一共同的特征是，这种油是胶状的，能流动，但是很黏稠。在有棉芯的情况下，燃烧得十分缓慢，一般都是在封闭的场合做长明灯或火把的。它们放置很长时间都不会变质，也不会干涸。

缝隙很窄，我的手不能完全探入，但是用手电往里照的时候，我就发现，缝隙里面的火油含量很高，黑黢黢的一层，还能看到里面有很多拳头大小的棉团。

我顺着缝隙一路往上看去，就发现这条灌满火油的缝隙是连贯的，一路螺旋式盘旋到洞穴的上方。

这是一条引火的路，这棉芯看样子还是照明用的。

胖子也爬了上来，看到后也惊讶道："哟哟，这里面还灌了芝麻酱呢。这是什么东西？"

我指了指棉芯，给他解释，他抬头往上看，就咋舌："我靠，这要点起来，肯定很壮观啊。"

"不过，这玩意儿是用来干吗的？"我道，"照镜子需要这么多火油吗？这得多铺张浪费啊。而且，这玩意儿一定是一次性的，这些火油点上了，根本不可能灭掉。就算你有灭火器，你爬上去喷一圈也极不容易。一点上非得等油烧光了不可。"

"未必。"胖子道，他指了指其中的棉芯，"你看这些棉芯，都有烧过的痕迹，这些东西都被点燃过。"

我摇头："肯定是为了测试棉芯质量的时候点过，之后再装进去的。如果在这里点上，这里的火油一定是烧完了，火才能灭掉。你丫顶着满墙的烈火攀岩上去灭火，那得死多少人。而且这里所有的油沟全都是相连的，你要灭肯定得同时把所有的棉芯都熄灭才行，单熄灭一根，边上的火焰立即就会将其再次点燃。"

胖子摸着下巴点头道："有道理。不过，这条火油沟和这面镜子在这里应该是有联系的，对吧？"

我点头，他就道："那就行了。"说着他就掏出打火机，"马克思同志说过，实践是检验真理的唯一标准。"

我一看，立即大惊："你要干吗？"

打火机的火苗几乎是从胖子手里飞出来的。胖子甩手就把打火机探入了缝隙里，里面的火油星子一下就被点着了，就看到一条火龙一下从岩石的缝隙里喷了出来。

我和他都没有想到火焰是如此地猛，两个人都猝不及防，反身就扑了出去，重重地摔进了水里。

好在下面有水，我没摔疼，立即就挣扎着爬起来。抬头一看，我看到了一个让我瞠目结舌的奇观。

就见一条火龙盘旋着一路往上蔓延，犹如受惊了一般，在山洞壁上乱爬，留下了熊熊的火焰印记。几乎是瞬间，整个山洞立即被火光照得通明。

同时，山洞中的温度开始升高，一股火油味立即弥漫了整个空间。

我们目瞪口呆地看着这火龙一圈一圈向上蔓延，几乎产生了眩晕的感觉。

足有十分钟，火龙才爬到顶端停了下来。我们就看到一条火焰螺旋形地爬满了整个洞壁，整个山洞完全显现出来。我发现山洞的形状就好像一个倒扣的喇叭，火光全部集中到水中的镜子里，镜子里的古楼被照得犹如白昼一般。

"牛逼。"胖子呆滞道。

我回头看他，并把他手里的打火机抢了过来："你神经病，要是这油沟通着炸药怎么办？这地方不比从前，胖爷你能靠谱点儿，让我们多活几年吗？"

"你要想多活几年，就不应该来这儿。"胖子就道，根本没看我，而是看着上面，"胖爷我没你那么磨叽。你看，那是什么？"

我抬头，立即就看到洞顶之上，原本暗淡的区域里，竟然有一座非常微小的古楼模型。

古楼的小模型倒挂在洞顶上，如果不是那么强的光线把所有的影子全都消除了，根本不可能看到。

"张家古楼！"我皱起眉头。同时我就看到，在古楼上闪烁着很多的光点，似乎古楼的模型四周有很多镜片，正在反射这里的火光。那一刻我也看到，在洞穴四周的墙壁上，隐约闪烁着无数的光点，整个洞穴好像琉璃一样。

胖子喃喃道："原来张家人都是从小人国来的。"

"不是，这是滤镜。"我道。我看着整个洞穴的形状，一下就明白了其中的运作机理。看着满是火焰的墙壁，我知道已经无法验证了。但是我几乎可以肯定，镜中古楼的秘密，绝对不会有第二种可能性了。

第四十三章 ● 样式雷的镜子魔术

　　这其实是一个很简单的小把戏，而且确实源自波斯的魔术。其实它是使用了一种西域的宝石。这种用宝石制作的镜子，在阳光下色泽特别暗淡，但是在月光下特别明亮，因此，这种宝石被称为月亮石。

　　出现这种现象的原因是，这种宝石只能反射出暗淡的青色光芒，如果光线过强，反而和石头一样。也就是说，光线越强，反射率越低。

　　在水中的这面镜子就是一个光线的聚集器，当我们的手电光照到镜面的时候，光线被垂直反射到洞穴的顶端，然后由古楼模型四周的小镜片反射到墙壁上无数的月亮石镜片上去。

　　单独一块镜片的反射光线极其微弱，几乎无法察觉，但是无数的光线聚集，就能使水中的古镜镜面反射出山洞顶部古楼的样子。因为是三百六十度的无数微弱反射点的叠加，所以不管我们在什么地方，都不会在镜面上形成影子。

因为月亮石只能反射青色的光线，所以无论我们使用的是什么颜色的光线，在古镜中的成像都是青色的。

　　"无影灯原理。"胖子说道，"老子是看过科学探索频道的。那为什么我会从镜子中看到小哥他们呢？"

　　"这古楼模型里一定还有蹊跷。"我道，"样式雷果然厉害。这是西洋的技术，清代科技的发展，竟然可以将机关做到这种地步了。"

　　"这是为了什么？这人神经病吧，光做这东西吓唬人吗？"

　　"我现在也只能猜测这面镜子放在这里的目的是什么，可以从这几个方面来说。首先，这里很可能是张家古楼的采光器。"我道，"这是一个照明系统。你想，张家古楼深入在大山之中，假设要在大山之中进行这么巨大的工程，这个工地肯定需要大量的照明，而这个照明一定不可能是火把，因为这么偏远的地带，要把油脂带进来，工程量巨大，会造成一个巨大的人力障碍。这些人能够在近千年前就懂得在附近种植近千年后的工程需要的木材，那他们不可能考虑不到照明的问题。"

　　我心算了一下，如果这个地方用二百人施工，需要两到三年时间才有可能完工。这两到三年内的照明，不可能是完全依靠油脂的。

　　我抬头看了一下上面："最开始阳光一定可以从上面照射下来，很可能是在山顶上面设置的采光镜损毁或者被他们掩藏了。"

　　说着，我便往洞穴的边缘走去。胖子问我干吗，我道："这里多雨，阳光是最常见、最持久却最不可靠的一种光源，他们一定有应急的光源。这些火沟应该就是应急光源，当他们需要照明的时候，就会点燃这里的火沟。在这里一定有通道，能够把火光传导进张家古楼所在的洞穴中去。"

　　我说完就等着胖子夸奖，等他说我厉害，心说我这推测简直是无懈可击。胖子却没有反应，而是看着四周的火龙墙。

我看他的表情有变，就看到火龙墙上的火焰竟然同时暗淡起来。

"火油烧光了？"

"不，是氧气突然间被大量消耗。"胖子伸手去感觉四周的空气流动，"什么照明？这里绝对不是用来照明的。"

我学他的样子伸出手去，就感觉到一股气流正在涌动。

"这里的氧气被消耗光了，外面洞穴里的氧气正在被抽进来，好像拔火罐一样，会形成很大的压力差。这里所有和外界相通的孔洞，都会吸入空气。"

"可这有什么用啊？"我道。

胖子道："不知道，但是，我有不祥的预感。"

刚说完，我就听到四周的墙壁中，突然传来一连串锁链牵拉的声音，好像什么机关被启动了。

"完蛋了。"胖子说道，"快跑！"

"怎么了？"我大叫。他拉着我就往出口跑，大吼："气压启动了机关！这里的机关全是石头，太重了，必须靠气压才能驱动！这地方就是一个气泵。"

我瞬间领悟了，但是就在这个瞬间，我脚下的水潭一下就有了动静。我没跑几步就发现自己根本站立不住了，脚下竟然出现了一个斜坡，同时所有的水开始打漩涡。我在可以借力的最后一刹那，一下就趴向石梁，结果指甲在上面狠狠地划了一下，整个人就趴在了水里。瞬间我就被卷进了水流中。

我心中凛然：我靠，这水潭底下竟然有这样的机关？就在我担心这下面有多高，底下是什么的一瞬间，我已经落到了地上，手电摔在离我不远的地方。接着从上面冲下来的水不停地冲在我身上，把我整个人往地里压。

我被冲得狼狈不堪。虽然上面的水潭不深，但是起码也有几吨的水。我不停地扑腾，才能勉强在水流中找个空隙呼吸一口。

半窒息的状态等到所有的水全部流完才得到缓解。我此时已经筋疲力尽，不停地呕吐和咳嗽，把气管里所有的水全都喷了出来，这才算是缓了过来。

这又是什么地方？手电已被冲得非常远，我抹着脸看四周，一片漆黑。我摸了摸地上，发现竟然不是石头，而是沙子。沙子被冲出了一个大坑，我就在这个大坑的中央。

这似乎是个沙坑。

这一落也只有两三米高，我一边庆幸落入的不是要命的陷阱，一边挣扎着爬了起来。

刚往手电光的方向走了两三步，我就觉得不对劲。

一下我的脚就陷入地里，走了三步之后，我已经被拖入了脚下的地面里。

我低头去看，就发现下面全是细沙。沙子极细，完全无法承受人的重量，我正在不停地往下陷落。

我立即反应了过来——这是个流沙陷阱。

古墓中最常见的机关就是流沙陷阱。它没有什么精巧的设计，只是在古墓的四周灌入大量的流沙，因为流沙和水一样，如果挖掘到这个流沙层，除非挖出所有的流沙，否则不论怎么挖坑，都和在水里挖坑一样，每挖一下，流沙都会涌回去。同时，古墓的工匠会在古墓的地板上设计翻板，盗墓者只要掉入翻板，立即就会落入古墓底下的流沙层中，很快就会被没顶。

鬼影说通道内十分安全，怎么会有这样的陷阱？我正纳闷，一边趴在流沙上，加大自己与地面的接触面积，阻止下滑的速度，一边就往身上摸。

我摸了半天，也没摸到什么有用的东西，倒是眼睛逐渐适应了这里的光线。我看到胖子就在不远的地方，他比我更惨，是头朝下插入

样式雷的镜子魔术

了流沙之中，现在只剩下两只脚还在不停地翻腾，想把脑袋翻出来，但是越折腾，下沉得越厉害。

在这种环境下，我已经学会不绝望。以往越是险恶的环境，我最后越是可以险中求胜。

但是，就在我冷静地快速思考问题的时候，我发现，这一次和以往都不一样。

这一次，没有时间给我思考。

就在二十秒之后，沙子已经没到了我的脖子。不过，几乎是同时，我发现脚下踩到了什么东西。

是流沙陷阱的底部？

那是一块坚硬的东西，阻止了我的继续下沉。胖子也翻了出来，大叫着。我让他过来，他拼命往我这里爬，只爬了一半，他也没到只剩下一个脑袋，只能停了下来。

我喘着粗气，用力感受脚下的感觉，心说这是怎么回事，难道古代的人都很矮？古人没有想到现代人会长得那么高，所以把陷阱挖得太浅了？

不可能啊。虽然我相信，流沙这种陷阱，只要能没顶几厘米，就一定可以把人杀死，但是为了保险起见，这种坑一般会挖得非常非常深。

"天真，你没事吧？"胖子在一边吼道，朝我扑腾过来。

"没事。"我道。刚说完，胖子就"哎哟"了一声，停住了。

"怎么了？"

"沙子里面有东西。"胖子说道，"顶到我的肺了。"说着就看到他面前的沙子翻动了一下。

"什么玩意儿？不会是活的吧？"

"不是，硬邦邦的，好像是石头。我把它弄出来。"胖子说道，"手感略有些诡异啊。"

说完沙子一阵翻动，从沙子里冒出了一个角状的物体。胖子咬牙，显然在沙子下面使劲。等了一会儿，一块不知道是什么动物的头骨从沙子里冒了出来。

"这是鹿啊。"胖子就道，"看样子也是和我们一样的可怜虫。"说完把头骨一丢，继续往我这里挪。

"鹿怎么会到这地方来？难道这楼里葬的是圣诞老人？"

"也许是误闯进来的，还有好多。"胖子继续扑腾，很快又从沙子里掏出一根骨头来，不知道是什么部位的，很长，好像一根骨刺一样，"我靠，真不少，硌得我真难受。"

我也学他一样在沙子里扑腾。手在沙子里很难移动，好在这里的流沙质地很细，不像海滩上的沙子，挖得越深越结实。很快我也摸到了一块坚硬的东西。

我抓住那东西，一点一点往上推，很快在我面前的沙堆上也鼓起了一个沙包。我用力一顶，把那块骨头推出了沙面。我首先看到了一团头发。

我愣了一会儿，继续往上顶，一张狰狞的脸从沙地里浮现出来。

那是一具人的干尸。我看到他身上已经褪色的军绿色衣服，意识到这应该是某次盗墓的牺牲品。

"'圣诞老人'你好。"胖子终于来到了我的身边，"看样子，这里是个乱葬坑。别看了，我们得想办法，否则我们也成'圣诞老人'了。"

我们的办法是，利用这沙中的骨头，将我们身上撕下的布带相连，做成一个骨头框架，然后蒙上能蒙的任何东西，做成类似于雪橇一样的东西。

我们得做两块，先爬到一块上面，然后爬到另一块上面。这样我们和沙地的接触面积能大很多，人就不会陷下去，就能在沙地上前进了。

我俩迅速做完之后，我才发现这样的方式很傻——我们不能直线行进，我们得横着走。

胖子指了指一个方向，说道："先往那边去，我们'尝将冷眼观螃蟹，看你横行得几时'。"

"傻逼，那不是什么好话。"我骂道，就和胖子趴在"雪橇"上，胖子把一边的底盘递给我，我翻到另一边，然后我们两个滚过去，再如此重复。

一路往前，真的是滚着前进的。滚着滚着，忽然我们到了一个地方，沙子就往下一陷。

我心中一惊，心说我靠，这流沙连表面积这么大的东西都托不住吗？那根本不是流沙，简直是流氓沙啊。我一下就听到沙子下面传来一连串的石头摩擦撞击的声音。

第
四
十
四
章

●

流
沙
陷
阱

　　沙子下面传来的声音还没消失，我忽然听到远处的黑暗中传来无数闷响，似乎是什么东西从这个石洞的顶部掉了下来，落入流沙里面。声音非常密集，最后简直像在下雨，掉落的东西数量应该相当多。

　　胖子正滚得起劲，听到这声音立即停了下来，自言自语道："我好像听到了要倒霉的声音。"说完立即坐了起来。我们身上没什么防身的东西，胖子就拿出了那些铁刺。

　　我也知道一定是出事了，但是向四周看去，只能看到流沙，那声音传来的地方离这里还是有一定距离的。"狼眼"虽然能照得非常远，但是在黄沙中本来就很难看清楚细节，极目眺望，也看不出到底是什么东西在往下掉。

　　我心中不安，现在我们根本没有任何防御力，一旦我们趴着的底盘遭到损坏，我们就会沉入流沙之中。虽说流沙不深，不会困死我们，但我们也成了瓮中之鳖。说得难听点，假设我们被困在流沙里，就算只是几只有点耐心的蚊子，也能把我们叮死在这里。我对胖子说道："你这破'牙签'也顶不上什么用，继续爬吧，能爬多远爬多远，也许能让我们坚持到靠边。"

胖子看了看手里的铁刺，立即点头："好，走。"我们再次趴下，立即开始继续滚动和爬行。胖子明显加快了速度，显然，恐惧才是人类的第一生产力。

不料才走了一段，忽然一个东西掉落在我们边上，胖子用手电一照，就看到那是一块骨头。胖子又用手电往洞顶上照去，一下就看到，整个石洞的顶上贴着很多尸体。这些尸体看上去好像被拍扁后粘在了洞顶上。同时，我们发现洞顶正在颤动，粘在上面的尸体摇摇欲坠，不时有碎屑掉下来。

物体落地的声音下雨般继续响起，而且这一次我听得特别清楚，这声音似乎是在移动，并且正迅速靠近我们。胖子用手电照向那个方向，已经可以隐约看到，尸体们正被什么东西震得纷纷往下掉，一个巨大的倒挂在洞顶上的影子，在手电光下若隐若现。

这回可以肯定，这里是一个喂食场了。所有进入通风和采光石道的动物最后都会被聚集到这里来，被这里的某个东西处理掉，只是不知道这玩意儿到底是什么。

倒霉，这鬼影怎么就没和我们再多说点。要知道这里有这种设计，我至少不会跑得那么快，中这么简陋的陷阱。要是小心点，说不定我们现在已经进入古楼了。

我心中直骂，一时之间感到很绝望。看四周的情况和这东西的个头，跑也不太可能了，就算是平路我们也跑不过它。难道这一次我们也要被这东西拍扁在洞顶上了吗？在这种状态下，好像想有个更有尊严的死法都不行。

以前的经验告诉我们，不管怎样，都要坚持到最后一刻。胖子递给我铁刺，这在以前通常是佛爷用的东西，最多捅死个寡妇或者不走运半夜被惊醒的老财主。这玩意儿虽然不好卖，但也算是个古董，我本来还想拿回去留个纪念，没想到现在要用它对抗的，竟然会是这么一个东西。也亏得这东西十分锋利，往任何东西身上招呼，对方也必然不会太痛快。

胖子没有枪屎了很多，我们踩在底盘的骨架上，半弯着腰，就等着那东西靠近。这样做我们至少可以在它第一次进攻的时候，选择是跳出去躲过，还是趁机反击。

然而，我们拉架子摆了半天，那东西竟然到了我们四周就停住了。我心说，这东西这么大个子，还挺谨慎呢，到底是什么玩意儿？是活物还是死尸？看着远处洞顶上巨大的影子，我手里的汗都从指缝里挤了出来。活物怎么可能出现在这种地方，从来没有见过这样的野兽，而死物的话，应该不会有这种谨慎的行为。

这时候，我们面前的沙子忽然起了波动，一条沙浪在我们面前翻滚。我把手电照向流沙表面，正好看到流沙中刚才落下的那块骨头上忽然起了变化。那块骨头好像是活了一样，竟然在沙子上爬动。

骨头在沙地中竟然扭曲起来，上面棉絮一样的东西在收缩膨胀，能看到几根黑色的触角从骨头下面探了出来。

我们再把目光投向洞顶，就更加目瞪口呆。只见洞顶上粘着的那些骨头全都动了起来，大量黑色的、牙签一样粗细的触角都伸了出来。

这些触角抖动着，就像整个洞顶都忽然长出了刺一样。很快，很多虫子就从洞顶上落下来，全都是黑色的，指甲盖一般大小，落下后直接就爬进流沙中不见了。胖子反应很快，立即拿起另外一副底盘当伞挡在我们头顶，才使我俩没有被虫子落满脑袋。

我立即就知道了这是什么东西。这是一种石蚕，是很常见的水生害虫，不知道为什么在这里的陆地上也能生存。这种虫子会利用自己分泌的液体，把很多石头、骨头粘成一个茧，自己躲在里面。这东西咬人非常疼，但是活动能力不强，一般只有被侵犯的时候才会从自己的茧里逃出来。

胖子的手因为抓在那把"伞"上，被咬了好几口，很快就肿了起来。我一边让他用铁刺代替手顶着伞，一边让他镇定："这虫子不是攻击性的虫子。"

胖子说道："我可不这么认为，如果我们翻进流沙里，就会变成这些虫子最好的美食，它们肯定会把我们啃个干净。"

很快洞顶上的石蚕多数掉进了流沙中。胖子赶忙放下了"伞"，我忽然明白了，上面的这些骨头很可能不是像我们想的那样被拍扁上去的，而是这些虫子一块一块运上去粘起来的。胖子用"伞"当铲子铲了一下沙子，就发现沙子的表层下面几乎全都是石蚕。

胖子骂道："我靠，我再也不怕我们会饿死了，这些东西的蛋白质含量肯定超高，咱们吃这东西比在城里吃得干净营养。"

我看向远处蹲着的那个黑影，心说这东西估计和我们的想法一样：我再也不用怕饿死了，这两个东西看上去营养很丰富。

我对胖子道："要吃你吃，你吃的营养越好，别人吃你的时候越香。趁那个大家伙还在装文艺，我们还是继续撤吧。这么大动静它都没反应，说不定它根本没注意到我们。"

胖子说道："不可能，它就挡在我们要去的方向上，我们得从它下面经过。我靠，我真没这种兴趣。"

我说："那你说怎么办？等着它忽然改变主意把我们都灭了，还是等它自己无聊死？"

"它要攻击我们，我们一点办法都没有，考虑这些没用。"胖子一边手中不停地换底盘继续前进，一边四处打量，"最好的办法还是找地方躲一躲，这地方太大了，咱们用手电做诱饵。"

"它是被光吸引过来的吗？"我怀疑道，"掉到这里的梅花鹿可没带手电筒。我觉得很可能是气味和声音。"

"到底是哪一种？"

"气味的可能性更大一点儿。"我说道,胖子立即就从怀里掏出一瓶东西来。

"这是什么玩意儿?"

"藿香正气水,帮忙,快。"胖子脱掉自己的袜子,把瓶子放到里面,然后当成流星锤甩动,甩到最快的时候就把瓶子甩了出去。瓶子飞了一个弧线,打在了一边的柱子上,能听到瓶子破碎的声音。

"这水的味道非常重,如果它是被气味吸引的,说不定能把它引过去。"

那黑影毫无反应。

"也许是你的袜子太臭了,把藿香正气水的味道给掩盖了。"我说道。

难道是声音?我心说,刚才太多东西从上面掉落下来了,所以这黑影才停了下来,是为了等声音平息?

四周还有虫子掉落的声音,但是声音已经越来越轻了。我不安起来,看着黑影,忽然就大吼了一声。

那黑影果然动了一下,胖子立即把我的嘴巴捂住了,轻声问我干吗。

我道:"这东西好像是靠声音来判断我们的位置的,而且它对声音的判别能力并不是特别好,稍微有一些干扰,它就无法判断我们的位置。咱们得做好准备,等声音完全安静下来之后,我们绝对不能发出任何声音。"

胖子听了之后,反而兴奋起来:"这太被动了,如果真是这样,我们应该趁现在这个机会去把它弄死啊。"

我心说就算你能摸过去,以我们现在的情况,能摸上洞顶也太难了。说话间,那黑影忽然往后缩了缩。

我们被吓了一跳,就看到那黑影缓缓地退到了黑暗之中。

第
四
十
五
章
●

黑
影

　　一直到那个黑影完全消失，我才意识到这东西真的走了。我和胖子面面相觑，立即小心翼翼地继续往前，往我们的目的地爬去。这一次根本不敢休息，半个小时后，我们终于爬上了那个石头台，翻了上去，我和胖子已经累得连白眼都翻不动了。我爬起来，就发现这是一个非常粗糙的石台子。

　　石台中间有条石梯通往上方，我们走上去，发现上头的通道口上封着铜门，顶了一下，铜门纹丝不动。胖子说可能是拉的，就抓住几个花纹往下拽，可连指甲都抠裂了也没有任何反应。

　　就在我们抓挠铜门的时候，黑暗中又开始传来东西坠落的声音。那个倒挂在房顶的庞然大物又往我们这边靠了过来，这一次速度非常快。

　　胖子提醒我道："手表有闹钟功能，快把闹钟调响了，让它去追闹钟。"

我这才想起来还有这招，忙把手表调成闹钟，然后狠狠地甩了出去，稀里哗啦的碎骨掉落声立即转向。因为手表太轻，我扔得并不远。

只见在手电光中，有一只巨大的密洛陀昂首盘身从我们面前的房顶上经过。这只密洛陀太大，简直就是一只金刚，身上的绿色皮肤在手电光下闪烁着翡翠的光泽。想必它就是瑶族神话中的男性创世神，作为暴力和毁灭的神灵，却被困在这里做清道夫。我们可能是几千年里少数能娱乐它的东西了。

那密洛陀稍稍做了一下停顿，就伸出奇长的手，探向流沙中手表的方向，似乎很疑惑又很有兴趣。黄沙很快把手表掩埋了，手表的声音一下就听不到了。

我心中暗叫不好，就见那密洛陀听了半天，忽然把脑袋转向了我们。

它的脸上什么器官都没有，像是一个奇怪的人偶。接着，它朝我们所处的石台缓缓地靠了过来。此时我忽然看到，这东西的脸上几乎已经被打烂了，全都是子弹的弹孔疤。

我们静静地趴在石台上，巨大的密洛陀就吊在我们的上空。它似乎知道我们就在附近，但是无法肯定我们在哪个方位，因此只是静静地吊在那儿。

我最怕的就是胖子放屁，胖子一紧张就会犯这种错误，好在胖子这一次成熟了很多。这种感觉太诡异了。我的心在狂跳，我感觉就是因为我心跳的声音，那东西才会徘徊着不走。

我不敢深呼吸调整自己的状态，只能缓缓地硬压住自己的呼吸，但是在这种情况下太难了。我让自己的心跳平静下来，几乎用了三个小时。最后也不是自己的功劳，是因为这样的状态持续太久了，体力吃不消，人的意识开始模糊起来，心跳才开始平静下来。

我开始胡思乱想，心说怎么办，要是这东西一直挂在这里，我们就

黑
影

完了。搞不好我们会变成两具干尸，完全是自己把自己给憋死了。

我知道以胖子的性格，绝对不会束手待毙，到了临界点上，他一定会放手一搏。但是事实上，无论做什么事情，都只是在选择死法而已。

怎么办？怎么办？怎么办？

我心中盘算身上还有什么东西，甩出去之后可以持续地发出声音。

我把我身上所有的东西都在脑子里过了一遍，忽然就想起了小花的手机。

我缓缓地把手摸向我的口袋——手机还在。我心中暗喜，心跳又加速起来。慢慢地，我就把手机掏了出来。

"好，希望还有电，上帝保佑还有电！"我心中说道，缓缓地把手机翻开。

没想到刚一翻开，电池早已见底的手机就发出了一声清脆的电量不足的警告声。

我整个人都惊了。这声音在平时听起来完全不大，如今听起来竟然犹如炸雷。几乎是同时，我就看到头顶的巨大绿人立即垂了下来，脑袋就在我的脑袋边上，最多只有一根手指的距离。

它不停地转动着脑袋，似乎在寻找着刚才发出声音的东西。我看到那绿色的皮肤不停地挪动着，简直能反射出我的脸来。

我不知道我是以什么样的神经，才能在这几秒钟里，把小花的手机切换到视频播放的页面。每按一次按钮，这该死的破手机就会发出轻微的一声响，我按了足有六下。那东西就贴着我的后脑勺挂了过去，来到了我的另一边。此时，我终于把视频播放的页面按了出来，抡起膀子就把手机甩了出去。

手机发出声音，一下飞下石台。几乎是同时，巨大的密洛陀就开始攻击了，它速度极快地往那个地方凌空挂了过去。我在它的脑袋边上，瞬间就被撞倒了，整个人被撞得飞了出去，一个倒栽葱掉进了流沙里。

瞬间我便开始往下沉，等我扑腾起来，正看到几乎是一瞬间，那东西就把小花的手机给灭了。它巨大的长臂对着沙坑挥舞了几下，也不知道有没有把小花的手机打烂，只知道手机和手表一定是同样的下场。

四周瞬间又没有声音了。只见那东西巨大的身躯又缓缓地蜷缩着上了洞顶，我大气也不敢出，任凭自己缓缓地没入流沙中。

我成功地把这东西引出石台了，现在就看胖子的了。我正准备松口气，立即又发现不对劲了——这沙子里有东西！

我身上几乎所有的部位，都同时感觉到一股刺痛，好像在被什么虫子啃咬一般。

石蚕，我心中暗骂。果然和胖子说的一样，我在流沙之中，对它们来说等于死物。它们是食肉的虫类，肯定会来吃我。

我在流沙之中，慢慢把手伸到一个瘙痒的地方，一摸，果然是虫子。这些虫子有皮皮虾那么大，我一把抓住，然后死命地一拉。

它的钳子死死地钳着我的皮肤，我竟然没把它拉下来。我再用力一拉，就感觉到我的肉一下被生生地撕了一条口子。

那种疼是钻心的，但是再疼我也不想被虫子咬，我立即再去摸另一边。

我几乎是咬着牙拉下它的。沙子附着在伤口上，使疼痛加剧了。但是，就在这个时候，我忽然发现身上所有的疼痛都减轻了，那种被虫子咬住的感觉也瞬间消失了。

接着我就看到四周的沙子开始沸腾，无数的石蚕开始从沙子里蜂拥而出，远离我。

这动静十分大，挂在顶部的巨大的密洛陀立即被惊动，看着那些石蚕飞快地爬向远处，它立即追了过去。

我明白了，这可能是我体内血的功效，也不知道是应该惊讶还是开心。我立即对胖子发出气声，胖子惊讶地看着这变化，探出头来，

黑影

233

伸手把我再次拉上了石台。

我看着我的伤口血流如注，心中不禁暗骂。胖子说道："我靠，再这样下去，你就成半个小哥了。"

"别废话，能上去吗？"

胖子摇头："那铜门太结实了，靠我们的力量是打不开的。但是我有一计，只是还得牺牲你一下。"

胖子的计划就是：我们必须引那个巨大的密洛陀过来攻击这道铜门，才有可能打开它。否则以我们的力气，估计从现在开始练伏地挺身，再多吃些石蚕补充蛋白质，也要练个几年才有可能成功。

但是我身上所有的发声器械都已经扔出去了。好在我知道扔在什么地方了。

我一个人来到刚才我扔小花手机的地方，用力刨着沙子，走过之处所有的石蚕都从沙子里跑了出来。那巨大的密洛陀就在远处，听到我这里的动静又开始往回走。

我忽然觉得它也挺悲哀的，在黑暗中只能靠听力来寻找猎物。我疯狂地扒沙子，小花的手机很快被我扒了出来。

手机还在播放视频，一出沙子，声音立即就清晰起来。我把声音按到最大，那怪物立即加快了速度朝我这个方向急冲过来。

我立即甩手，把手机扔给胖子。胖子凌空接住，以和他体形极不相符的灵巧动作，在手机上粘上一块口香糖，将手机死死地按在了那道铜门上。

几乎是同时，那怪物就像飞一样扑到了石台边上。胖子飞身跃下，扑入了流沙之中，犹如肥猪滚沙，用力滚进沙里。

我看得真切，就看到那怪物挂在石台的上方，只是稍微停顿了一下，就一下撞向了铜门。就是一下，那铜门便如同炮弹一样飞了出去，露出了一个黑洞洞的门口。小花的手机几乎是瞬间被撞得粉碎。

这种力量让我咋舌。如果是人，这一下肺都会被从鼻孔里撞出来。

撞完之后，事情发生了出乎我们意料的变化——那铜门被撞飞之后，应该是在洞口上方飞了一段时间，然后重重地落下，发出了一声极其响亮的声音。巨大的密洛陀一下就被这声音激怒了，死命地想钻入那道门里。

无奈那道门太狭窄了，它撞得整个洞顶都开始震动，也丝毫进不去。而最让人头疼的是，它每撞动一次，楼板上的铜门就会发出一声声音，这更加激怒了它。

我在这个时候把我的电子表也挖了出来，但是已经完全损坏了。

我爬行到胖子边上。我们静静地看着，等着这东西消停。然而，这东西好像不知疲倦一样，几乎是以固定的频率撞击那个门洞。我们也不知道等了多久，这东西就是不离开。

"这么缺心眼儿的东西我真是第一次见。"胖子说道，"这东西是不是你亲戚？"

我就道："你才缺心眼儿呢，你才绿脸呢。快想想办法，我们没时间了。"

"这东西现在什么都顾不上了，心里只有那个洞，你要把它弄开，得给它更大的刺激。"胖子掏出冲锋枪，把枪托掰开。我们靠到那石台边上，用鞋带绑住枪的扳机，把枪死死地按进沙里。胖子打开自己的背包，把一些不太有用的东西全部掏了出来，死死压住那把枪，然后给我使了个眼色。

我知道他要干吗，于是点头，立即做好了准备。胖子一拉鞋带，冲锋枪立即开火，瞬间一梭子子弹直接打在了密洛陀的身上。

绿色的血花四溅，密洛陀几乎整个从房顶摔了下来，重重地摔在了石台上。

我和胖子立即紧贴石台，就看着冲锋枪不停地吐出火舌，背包根本没法压住后坐力，子弹乱跳，不停地打在石台和怪物身上。

那怪物终于暴怒了。我看到一个巨大的黑影几乎整个从石台上扑了下来，一个巴掌就把机关枪所在的整片沙地上的沙子拍上了天。

吐着火舌的冲锋枪凌空扫出了最后一梭子子弹，直接扫在胖子的头顶，碎石四溅，亏得胖子条件反射地缩脑袋，否则天灵盖就没了。冲锋枪砸到一边的柱子上，直接碎成了好几块，彻底哑火了。

胖子被这最后一梭子吓得够呛，我撩起沙子拍了他一脸让他反应过来，接着两个人就迅速爬上了石台。刚上去，便听到身后洞顶上一阵巨响。回头一看，那巨怪已经重新跳上了洞顶，发了疯一样地撞击洞顶，朝石台扑来。

无数的骨头碎片往下掉，那铜门又发出了声音，我心说糟糕，那怪物果然完全是暴怒般地撞向那门洞。

我管不了那么多了，狂奔着就冲了出去，胖子在我后面，一下就被那怪物挡住了。

我大叫一声"胖子"，刚想探头看情况如何，那怪物的手一下从门洞里伸了进来，一巴掌把我拍了出去。

我就地一滚再爬起来，一下看到胖子竟然牢牢地趴在那怪物的手臂上，用铁刺死死地扎住怪物，自己眼睛闭得死死的。

我对他大叫："快撒手！"胖子这才睁开眼睛。这时也不需要他撒手了，他立即被甩了出去，就地滚开了。

我大口喘气，看着那手不停地伸进来拍打地面。我们越退越远，退到它手的攻击半径之外，两个人便瘫倒在地了。

胖子听着铜门震动的声音，立即又去用力把铜门抱起来，坐在地上，拿自己做肉垫。我脑子里一片空白，也不知道坐了多久，那只手终于缩了回去。

我们感觉这楼板的震动渐小，知道它走远了。胖子小心翼翼地放下铜门，我们这才有时间打量是在什么地方。

只一照，我们立即就发现了这还是一个山内的洞穴，但是一转身，我们就定住了。

我看到了一幢巨大的古楼耸立在我们的身后。黑暗中古楼显得无比陈旧，那毫无色泽的灰色外表如同化石一般，诉说着无数不可言说的秘密。

"张家古楼……"我几乎是从喉咙深处说出了这几个字。

第四十七章 ● 终于见到了张家古楼

胖子拍了我一下，他也和我一样，浑身战栗。

我心说，终于到了，真不容易啊，眼泪都快要下来了。

整幢楼一片暗淡，没有任何的光源，呈现出一片不祥的气氛。我从来没有想到过，张家古楼会是如此巨大的一栋楼。

他们在哪里？我心中的急切一下就爆发出来："张起灵！"我大吼了一声。

空旷的山洞中传来阵阵的回音，我连吼了好几声，回音几乎充满了整个空间。

我心里说：绝对不可能听不到。如果他们还活着，绝对不可能听不到。

一直等到回音缓缓地消失，整个空间回归到让人感觉冰冷的寂静之中。

我喘着气等着，等着任何地方传来的回应。

然而，我等了很长很长时间，寂静还是没有被打破。我的不安开始翻滚了，还有那个我心中一直存在的梦魇。

如果他们真的全部死了呢？

我一直不愿意考虑的问题，如今已经摆到了我的面前，我已经无法再逃避了。

没有回音，一切安静得要命，犹如我们是近千年来的第一批访客，连沉睡的亡灵都无法被惊醒。

"走吧。"胖子拍了拍我的肩膀，"是死是活，都得亲眼看见，不是您大爷说的吗？"

我点上一支烟，连抽了三口，然后摔到地上："走！"

张家古楼的门完全是灰白色的，我摸了一把，就发现上面全都是灰尘。门腐朽得非常严重，上面的窗纸都已经全部腐烂，能看到里面一片漆黑。

我看着那些方格窗——典型的清代建筑，果然是样式雷的手笔。

"这里。"胖子对我说道。我就看到窗格子上，有几处地方灰尘被碰掉了。胖子上去推了一把，门就被推开了。

门轴发出一声刺耳的咯吱声，接着到处都有灰尘涌起。

我和胖子立即退了一步，捂住嘴巴，等灰尘缓缓降落。

我和胖子对视了一眼，胖子就做了个"您先请"的动作。我歪头道："以往不是您打头阵的吗？"

胖子道："这不是给您一个表现的机会嘛。您要不行，那就还是我来。"

我吸了口气："得，那我就不客气了。"便迈步朝门里走去。

里面一片漆黑，我用手电扫了一下，就看到一个极大的空间。这是一个巨大的楼面，有四根柱子耸立在大厅中间。

这一层什么都没有，我只在房间的中间看到很多装备摊了一地。

我们走过去，就发现确实是闷油瓶他们的装备包，上面全都是白色的灰尘。胖子看了看头顶的房梁，完全是清代的建筑风格，房顶上有无数的花纹。如今，整幢楼不论从哪个角度看，都是惨白色的。

"这地方怎么会这么大啊？"胖子蹲下去，抖了抖一个包裹，我就发现那是一个食物包。包上的白灰被抖得涌了起来，我忽然就觉得不太舒服，立即拉住胖子往后退。

胖子捂住嘴巴，看了看自己的手，手已经被烧得通红了。

"强碱的粉尘。"他道，"畸形哥们儿没骗我们。看样子，小哥他们遇到了一次，否则装备不会被这么厚的粉末覆盖。"

"东西在这儿，人呢？"我道，心说总不会都化掉了吧，即使化掉了也会有痕迹啊。

我觉得气氛有些诡异，但是说不出问题出在哪里。胖子让我先处理一下自己的伤口，这里有强碱的粉尘，如果沾到伤口上就麻烦了。

刚才混乱中我也没有注意到，被虫子咬的地方已经不流血了，但是如果不处理很可能会化脓。

我包扎好后，看了看胖子的手表，胖子问我要不要分头去找。我琢磨了一下，还是觉得不行。谁知道这楼里会发生什么事情，两个人要死一起死，一了百了，没那么多麻烦。

胖子打着手电，一点一点地把装备上的粉末都慢慢抖干净，就看到好多装备都是打开的。他上去清点了一下，就道："防毒面具、手电都不在，他们应该是在这里放下了装备，然后轻装去探索了。"

古楼大厅的天花板中央有一个巨大的窟窿，应该是腐蚀形成的，窟窿的边缘形状很不规则。地上也有很多木头烂成的碎片，全部已经成了棉絮一样的东西，覆盖在很厚的白色粉末下。我们用手电往上照，能看到上一层的天花板，也是一样的情况。

一楼一目了然，我们往边上走去。按照风水理论和样式雷的设计

终于见到了张家古楼

241

习惯，古楼楼梯的最佳位置应该是在楼的边缘，一般是在东面。当然，这么大的一幢楼，四个方向都应该设有楼梯，否则跑动的距离太长，太麻烦了。

但是我们围着大厅仔细找了几遍，都没有发现往上的楼梯。胖子就嘀咕着："会不会楼梯是在古楼外边的？古楼的设计中有一种专门用来观景的楼梯，盘绕古楼而上。"

我心说，这地方有什么景好观。出去转了一圈，就发现样式雷和我的理念一致，也认为没什么好观的，外面还是没有楼梯。

难道张家人都是西门吹雪，上楼提裤子就上了，根本不需要楼梯吗？

回到楼内，胖子就去找他们行李中的绳子，发现绳子也不在了，就道："也许这地方就是没有楼梯的。他们带走了绳子，也许他们是用绳子上楼的。"

"那也得有能用绳子的地方。"我心说。这里到处是强碱的粉末，没有防毒面具，一震动到处都是粉尘，不用说吸入了，眼睛一迷，瞬间就可能瞎了。

就在百思不得其解的时候，我忽然想起小花在湖边和我说的这里的风水问题。张家古楼位于敲骨吸髓的地方，所谓龙楼宝殿，无一不是以长久平安为目的，张家古楼却相反，它吞噬龙脉之气，破坏龙脉的气势。

我以前似乎听过，某些地方需要废掉楼梯，来达到某种风水的效果。

但是废掉并不是说真的不用，而只是说他们不修建显形的楼梯，但是会修上隐形的楼梯。这里肯定有地方可以上二楼。

我们继续寻找，不久就把注意力集中到了几根柱子身上。柱子上雕着几只麒麟，身子长得很像龙，几只麒麟的头部都很突出。

胖子踹了几脚，把比较浮的粉尘踹下来，躲到一边。等灰尘平静了，才用衣服裹住口鼻往上爬。

果然就是这里。我们踩着麒麟的头部，很快就爬到了柱子的顶部。一推，发现上面的楼板纹丝不动。

"反卡住了。"胖子说道。说完上面震下来大量的白灰，胖子立即反身跳下来逃开，不停地咳嗽，咳出来的痰竟然已经带血。

"这地方不能久待，就算机关不启动，待久了内脏也会烂掉。"他道。刚说完，忽然就听到咔嗒一声，刚才被他踩过的麒麟竟然发生了移动。接着，一条楼梯从上头架了下来。

我和胖子相视一眼，立即小心翼翼地攀了上去。手电一照，我们心里都震了一下。我们看到，在古楼的第二层，出现了无数的架子，一眼能看到的就有几百个，一个个好像火车的上中下铺，只是分层更多。

让人很不舒服的是，我们能清晰地看到，架子上面竟然躺满了铁人俑。

第四十八章 · 古楼第二层

　　我们两人在张家古楼的第二层中前行，穿过那些放置着铁人俑的架子，遇到倒塌的就小心翼翼地踩着爬过去，走了很久才来到这一层楼的中心位置。这里有一个很大的空间没有放置任何东西。从这里往四周看去，就能看到，所有放置铁人俑的架子都是以这个点为中心，呈放射状排列的，呈现出一套完整的伏羲六十四卦。

　　然而，除了这些铁人俑，这一层里什么都没有。铁人俑也全都是用生铁浇灌而成的，就跟之前我们在湖底那遗迹底下看到的一样，应该都是被用铁封死的密洛陀残骸。

　　"这是个仓库。"胖子道，"他们在这里搞工程的时候，弄死的密洛陀可能全部放在这里。"

　　"这么多？这儿有一个营了吧。"

　　"不算多，那畸形哥们儿不是说这些东西会跟随人体移动吗？肯定是在施工的时候，这些东西不停地聚集过来形成的。"

胖子说："铁俑那么多，运不出去，所以干脆就全部堆在了这里。张家的墓葬楼层可能还在上面，我们继续寻找，看看能不能找到往上的通道。"

这一层和底层一样，也有四根巨大的柱子。从外面看，张家古楼有十一层那么高，除了被埋入地下流沙之中的那一层，我们上面应该还有八层。这幢古楼全都是用这座山上的石头和木材建成的，这里的石材中混合着大量的"密洛陀石"，十分罕见。

地上有大量凌乱的脚印，显然闷油瓶他们也在这里大肆搜索过。脚印实在太杂乱了，无法为我们提供任何参考。

胖子仰起头来摸着下巴琢磨脚印，想了半天，边琢磨边自言自语："地上的脚印太多了，不好判断，但是上面肯定有痕迹。"

我循声抬头看去，就看他在用手电扫向一根根横梁。

横梁上密密麻麻地画着奇特的张家文字，这些文字似乎体系各不相同，每一行都来自不同的地方，唯一的共同点就是——我们都无法解读，不知道是什么意思。在其中一行，我竟然看到了一段天书文字。

胖子停下来对我道："看来我的推测没错，张家人作为最原始的盗墓世家，可能是世界上唯一了解中国历史部分真相的人。他们将他们从倒斗中带出来的一切秘密，全部封在这座张家古楼里。"

我道："这些文字到底是什么意思？你觉得修建这里的人懂吗？"

胖子道："鸡蛋好吃不一定得认识母鸡啊。我估计是张家人提供了图案，再由样式雷设计到图样中去的。这些不同的奇怪文字，应该都来自那些已经断裂的中国文明碎片。如果我猜得没错，在这里，越是离顶楼近的，越是接近于现代。中国文明的一些秘密，应该是被埋在张家古楼楼底那巨大的底层中，已经完全被流沙所掩埋了。"

"那我们往上走，岂不是在远离最大的秘密？"我道。

胖子道："咱哥儿俩的主要任务不是救人吗？你想我连摸明器都放弃了，你也别瞎琢磨了，这里都是天书。但是我看到其中有铭文，应该是春秋前期，再往上一层，估计就能看到大量篆体字了。"

于是我们继续寻找，终于在楼的西边找到了可以攀爬的机关，胖子抢先上去。

上去之后，却出乎意料。这一层之中，再也没有铁人俑，取而代之的是一只巨大的乌龟石像。乌龟的脖子和四肢都非常长，人面龟身，前肢的末端是人的手，后肢是乌龟的脚，脸是一张女性的脸，阴毒凶狠，似笑非笑，好像是西藏某些唐卡人像。在乌龟的背上有一个凹陷，里面有一个黑球，上面雕满了人脸，似乎可以取下来。

胖子看到石像就啧啧称奇："这东西的来历你知道不？这是氏人国人像，神农氏的后裔。《太平御览》引《风俗通》说，当时的原始人过群居生活，一夫多妻，生育混乱。女娲为了让生育清晰，就让每一个群居山洞制作泥人偶，统计数量。其中神农氏人国使用的泥人偶就是人面龟身，后来这种人面龟身像就成了氏人国的国徽。"

"这国徽也真够寒碜的，不过你这没文化的人怎么会去看《太平御览》？"我奇怪道。

"还不是因为封面的女娲胸部画得很大，老子还以为是一本挺劲爆的书，没想到那么正经。"他道，"我还记得里面的一段话——一目国，为一只眼，眼立面上端，盛姓，伏羲之孙；三首国，斯类，为三个头，后为轩辕臣；氏人国，为人面龟身，神农氏后裔；句芒，为人面鸟身，伏羲之孙。你还记得我们在云顶见到的人面鸟吗？"

我蹲下来，仔细观看这只乌龟的细节，我就发现，它确实和我们在云顶发现的人面鸟雕像类似。我道："句芒是木神和春神，伏羲、轩辕都是神话时代的人，这玩意儿不知道是从哪儿挖出来被抬到这儿来的，肯定不是现在我们能倒出来的东西，一定是五代十国时期的盗墓贼，他们那个时候挖的墓里才可能有这种东西。说张家老资格就是老资格，这玩意儿拿出去都没人认识。"

胖子道："春神是什么神，管伟哥的吗？"

"是春天的神。我们四处看看，看这一层有什么花样，也许四周还能看到其他部落的东西。"

正要探索，胖子忽然又咳嗽起来。这一次咳得更加厉害，听着整个人的肺都抽了起来，人就要往地上倒去。我立即去扶住他，就看到他这一次咳出来的痰里，全是血。

我一看，心说不好，这出血量肯定不是小事情了，难道他刚才抖包那一刹那，吸进去那么多粉尘？原来以为咳出来就没事了，现在看来，他的情况竟然有些恶化了。他咳嗽完，整张脸都惨白了，我立即给他水壶，让他漱口："没事吧？不行千万别勉强。"

他看着自己咳出来的血，就骂了一句，对我道："咱们动作要快点，再待在这里，你迟早也这样。"

我搀扶着他，休息了片刻，他才推开我。接着，我们便朝四周的地面看去。

这里相对比较空旷，地面上有一串无比清晰的脚印，一路往前深入黑暗之中。

在黑暗中行进的时候，我想过可能立即就会看到的各种东西，但是没有想到，走了一圈我才发现，这第三层的古楼里除了乌龟什么都没有。脚印一路绕着古楼的四面延伸，脚印的主人一定也和我们一样，认为往上的口子一定是在古楼边缘和柱子附近。

"这儿是不是没装修完啊？"胖子小咳了几声道，"我以前倒过一斗，也是这样，所有的墓室、壁画、浮雕都相当完整，但是里面什么都没有。我以为是被盗了，但是所有的墓门都完好无缺。"

我有些怀疑，看着地上的脚印，我就发现这些脚印呈现一种很奇怪的"步履生花"的迹象。走一段，脚印的主人都会停下来，在一个很小的地方转圈。

"你觉得这是一种什么迹象？"我问胖子。

胖子捂着胸口就道："这是国标舞啊，看样子小哥到了这一层心

古楼第二层

247

情很好，和谁跳华尔兹啊。"说着就做了一个华尔兹的动作。

我心说你肺都烂了，还有心思扯皮。我再低头看这些脚印，就意识到，这是一种徘徊状态。他们可能在这里发现了什么奇怪的东西，停留下来仔细看了。

但是四周什么都没有，空空荡荡的，看什么呢？在这儿没有什么东西值得停留，除非，他们是在这儿遇到了什么突发状况。

"小心啊。"我看着他们脚印的轨迹走几步就有这么一个状况，"按照我以往的经验，很快就有事情发生了。"

"我现在都已经是半个肺痨了，你能别给我找事吗？"

我道："提前预警总不是坏事。"

刚说完，我们两个就同时听到，在空旷的大厅中，传来了一连串轻微的脚步声。

胖子看了看我，我也看了看他。我问道："是小哥？"

胖子摇头，用手电扫射四周，我什么都看不到。胖子对我道："你仔细听听。"

我们两个静下来，背靠背转圈，监视四周，同时努力去追踪那脚步声，立即我就知道胖子为什么摇头了。

脚步声是来自天花板上。我们把手电光往上打去，顿时就发现这一层楼的蹊跷之处了。

这一层楼的天花板特别高，有特别多的横梁，在我们头顶上形成了一个巨大的棋盘一样的结构。在这些棋盘的格子里，在横梁的阴影中，我就看到挂着无数的东西。

"牛逼了。"胖子看得眼睛都直了。在整个天花板的阴影下，挂了足有几万个小盒子。盒子有大有小，形状各异，上面有各种花纹，一眼望去，极其壮观。

"神仙果子。"胖子就道，"是神仙果子。我靠，竟然这么多，竟然这么多！"

第四十九章 · 古楼第三层的神仙果子

"什么是神仙果子？和煎饼果子是一个类型吗？"我想起了一本漫画，里面有很多果实，吃了就有超能力，想到这个，我心中觉得异常好笑。

我看着胖子，胖子道："我听我一姐们儿说过。这家伙是一极牛逼的小姐，有一次她去一老板家里'送外卖'，看到那老板的房间里挂着一个盒子，老板不让碰，就说是神仙果子。她不懂，那老板就问她看过《楚留香传奇》吗，里面的无花和尚从生出来开始就没有落过地，一直是在床上，打坐在銮驾上，和无根水一样。这人佛性极高，从生出来开始就不沾红尘。有些东西也一样，从制作出来开始，就从来没有落到地上过，都是被挂起来保存的，装这种宝物的盒子，就被叫作神仙果子。我只是听说过，没想到这里有这么多。"

"你说话靠谱吗？"我道，"我也听说过一故事。以前太监们都有一间宝贝房，所有从他们身上割下来的东西，全都会放在一个盒子里，吊在宝贝房里，也是这样的情况，有各种各样的盒子，有些大太监的宝贝还有自己特别的房间。我看这地方就是宝贝房啊。"

"你是说，张家古楼第三层的天花板上吊了几万根鸡巴？我靠，这张家楼主的审美真骚啊。绝对不可能！"说着胖子扯出冲锋枪，就道，"你找一个，胖爷我亮亮手艺，给你来个百步穿杨。"

我看他咳嗽，脸色都快青了，就道："别扯皮了，随便打个下来。"

胖子指了指远处一个："咱们做事情得有范儿，看那儿，那个最小的。"我也没看清楚，就看到他抬手一枪，远处天花板上挂着的一个盒子应声落下，掉在地上滚了几下。

我们捂住口鼻，等到粉尘散去才过去。胖子捡起来，那是一个木头盒子，外面也腐朽得相当厉害。胖子用铁刺撬开，把里面的东西倒到地上。

那是一只干枯的手，长着两根奇长的手指，但是和闷油瓶的不是一样的。

胖子和我对视，都不说话。胖子站起来，立即又射了几个下来。我打开盒子，发现里面全都是干枯的手，有些手已经完全腐烂了，是几根白骨，但是能看出这些手的手指都有问题。

而且，打下来的盒子有的新有的旧，看年代相差很远。

"张家人的鸡巴长得很有特色啊。"胖子揶揄我，"你丫好这一口吧？"

"滚犊子。"我骂道，看着头顶，"这里是一个手冢啊。这些手显然都有张家人的特征，而且数量那么多，年代又各异。你知道当年很多华人在海外死后要葬回国内，是怎么回来的吗？"我停了一下，看他一眼继续道，"尸体太重，也无法保存，他们就只带回来一部分。我觉得这些手很可能就是那些人尸体已经被损坏，无法归葬，所以砍下一只手来，以这种形式葬在这里。"

"那怎么会有那么多？"

"战争。"我道，"这么多人，肯定是因为大量的火并，或者是战争。当然不是大战，但是自古大型的盗墓家族都有自己的武装，不仅是盗墓，很多地方的财阀都有武装，这些人在战争时期都是当地很强的武装力量。"

"那你记得我们从湖里捞出来的尸体吗？"胖子问道，"那些也没有手，手都被砍掉了。"

"这些手都有张家人明显的特征，之所以砍掉手，除了归葬，一定也有隐藏身份的原因。"我道，"看样子，我们从湖里捞出来的尸体，也是张家人。"

"是张家人？"胖子有点犯嘀咕，"太乱了，这到底是怎么回事？"

这些手勾起了我强烈的好奇心，我迫不及待地跟着闷油瓶的脚印继续往前探索，找到了下一段楼梯。我们爬了上去。

再往上这一层，我一下就看到了很多的木头围栏——这一层终于变得正常起来。和很多塔楼一样，里面有很多隔间和走廊。我们从楼梯口往前，发现所有的隔间都关着门，窗户上糊着黑色的纸，完全看不到里面。

胖子往前走了几步，找了一间推了一下，发现是锁着的，抬脚就想踹，但是马上就想起粉尘来了，立即把脚缩了回来。我们用衣服当扇子，把门上的粉尘扇掉，然后胖子用铁刺在黑色的窗户纸上戳了一个破洞。

我们往里窥探，房间里一片漆黑，手电往洞里照，也照不清全貌。胖子就掏出了之前从死人身上找到的自制照明弹，点上就往孔洞里甩了进去。

那东西烧起铝箔，一下把整个房间照亮了。我意识到这玩意儿其实就是大号的火折子，被这群盗墓贼改良过了，劳动人民果然心灵手巧。我们再次把眼睛贴上去，就发现房间不大，最多三平方米，里面放着一口黑木的大棺材。

墙壁上挂满了写满文字的木牌，我看着都是小楷的汉字，似乎是墓志铭一类的。

火光烧了没一分钟就暗了，胖子又甩了一个进去，看得更仔细了，就道："没跑了，这一层就是墓室了，这一溜儿应该全都是。"

我估算了一下：这一层楼最起码有两千平方米，这一间是两到三平方米，那就是说，有一千个左右这样的房间。这里大概有一千具棺材，一千个死人。

"张家有那么多人吗？"胖子道，"这家族得多大啊。"

我道："古代的财阀家族非常庞大。你看过《红楼梦》吗？你知道一个大观园里有多少人吗？光曹雪芹写过的就有四百五十个。成吉思汗家族到现在人数估计已经上万了，你我身上可能都有当时'黄金家族'的基因。清朝皇族人口也相当多。历史上只要一个家族能兴隆三代，到了第三代，各地共有个几万人就不是问题。这张家人身份特殊，兴衰不受历史更迭的影响，恐怕家族更加庞大。能在这里分上一个小房间的，恐怕都是本家很牛逼的人，其他什么七表弟、三堂哥之类的，全在楼下挂着呢。"

胖子道："好家伙，得亏到了小哥这一代都痴呆了，否则中国不得被他们给占领了啊。"

"中国第三大姓就是张姓。'黄帝第五子青阳生挥，观弧星，始制弓矢，为弓正，主祀弧，遂为张氏。'张家是望族不足为奇。"我道，"你有没有闻到什么奇怪的味道？"

在我们的谈论中，一股浓烈的焦煳味传了过来，胖子闻了闻："没事，是刚才那照明弹的煳味。"

我闻着不对，这味道很浓啊，而且带着温度，不像是冷烟的味道。"不对不对。"我话还没说完，就看到刚才我们看过的房间里，闪动着什么光。

我凑过去一看，就知道完蛋了，刚才燃烧弹丢到了里面的地板上，地板是木头的，那燃烧弹的温度非常高，地板竟然被烧了起来。

"你闯大祸了。"我就道，"快快快，水壶。"

"没事，不就一小火吗？"胖子道，说着揭开水壶盖，喝了一口就往洞里喷。喷了几口根本没有用，水壶里的水全喷完了，那火却越烧越旺了。

整幢古楼都是木结构的，这又是中间的楼层，要是烧起来，整幢古楼就完蛋了。"现在我承认我闯大祸了。"胖子说道，看着上头的横梁。本来只要踹门进去扑腾几脚，这小火就一定灭了，但是我几乎能肯定，这上头近千年的有毒粉末会在火灭之前就把我们干掉。

"用小便。"我脑海中想起了三叔之前和我说过的一件往事，"你有小便吗？"

"我靠，这上面全是粉末，谁知道会不会烫伤我的'小兄弟'。老子已经为了小哥牺牲我的肺了，我可不想再牺牲那话儿。"

"没事，你再在窗户的上头戳一个孔，上头用眼睛看，下头瞄准，最多有些粉末沾上去，脱点皮就没事了。"

"那你干吗不尿？"

"老子没喝那么多水啊。"我骂道，"快点，再不尿你膀胱再大都没用了。"

胖子看了看我，看看自己的裤裆，又看了看里面的火光，"唉"了一声下定了决心："那你蹲下！"

我蹲下，胖子哗地脱下裤子，露出自己的短裤朝我逼过来，一下就踩到了我肩膀上，就听胖子叫道："吃我一……"

我实在没有想到胖子竟然那么重，一下下来，我的锁骨就发出咔嚓的一声，似乎是折断了。我根本无法承受他的体重，一下就歪倒了。胖子那"鞭"字还没说完，就变成了"我靠"，整个人扑到了木

古楼第三层的神仙果子

门上。木门整个就被他扑倒，拍倒在了地上。

那火苗显然是瞬间就被拍灭了，我一看事态不对，立即大叫："屏住呼吸。"

说着两个人立即用衣服包头，捂住口鼻，死死地保护自己的脸。

我预感到之后一定是粉尘像雪花一样飘下来，但没有想到的是，这一次竟然只有一些轻微的粉尘。我和胖子等了一会儿，扑腾掉头发上的粉尘，就感到奇怪。

"这儿有人打扫卫生吗？"胖子道。

我摇头："也许是因为这里的窗户用的是这种黑色的纸。你看，我们之前走过的那几层，都是用白色的窗户纸，都烂透了。这里黑色的纸都还完好，想来应该是经过特殊处理的。"我用脚拨弄了一下脚下的灰尘，就发现，这些灰尘也很薄，而且是灰色的。

我小心翼翼地摸起来一捻，就发现，这些是真的灰尘，并不是碱尘。

我长出一口气——这里相对非常安全。我本以为自己会完全烂光，看样子经验主义还是不行。

正想着，我就闻到一股很不舒服的味道，接着我就发现我的裤管和被我们压倒的门上全是水。闻了一下，我就长叹一口气："胖子，你没刹住车是吧？"

"我靠，老子闸门刚放开，你就倒了，你能靠谱点吗？你要能再坚持一下，老子就能尿完了。"胖子点上一支烟，拍了拍自己的裤裆，"老子最后的时间全部用来把老子的神物缩回去，否则这么倒下去，卡在门里，我靠，再硬的枪也得废了。"

我道："你先把东西塞回去吧。"我便一边站起来抖动裤管，一边就打起手电，去看棺材四周墙壁木牌上的文字。

木牌腐朽得相当厉害，从最开始几行上的文字来看，我发现这是这个人的生平介绍，文字全是古文体。

我非常迅速地读完，心中忽然有了一丝狂喜。这上面写的东西，虽然不是我想知道的，但是太有价值了，从中似乎可以推断出这个张家家族的一些核心秘密。

　　而且，这秘密不再是由各种信息推测出来的。写在墓志铭上的一生，可以确定是百分之百真实的了。

　　这具黑木棺材中的尸体，应该是张家第三十四代中的某一个人。根据墓志铭上的一些信息判断，他应该是在清朝中期出生的，名字叫张胜晴。

　　关于生平我就不赘述了，核心是这个人的寿命。从墓志铭的记载来看，这个人活了一百七十多岁。

　　长寿似乎是这个家族的另外一个特征。

　　这个人死于一次火并，当时应该是边境冲突最激烈的时候，这个人死在了朝鲜一带，被族人带回张家古楼安葬。

　　这个人对于整个家族的贡献，写在生平之后，洋洋洒洒，除了各种奇怪的辞藻，里面提得最多的是两点：第一点是他的父母，他的父母似乎是相当有功劳的人，所以他有先天的优势；第二点是"发冢无数，所得众多，以定朱家江山，获利颇丰"。

　　以此二功，葬入楼墓之中。

由此可以推断出，张家和当时的皇族是有关系的，甚至为当时的皇族做了很多事情。这也可以解释张家为什么每逢乱世都能安然度过，将自己的家族延续这么长时间。

这有点像很多小说中的神秘家族，常年隐居在山中，守着自己的不传之秘，可以是武功，也可以是兵法，甚至是法术。然后天天有人夜观天象，发现天下将乱的时候，他们会派几个人入世倒腾一番，赚取一些既得利益。

好在姓张的人实在很多，每朝都有一些牛逼的张姓人，否则我肯定要多生联想。

"我想起了张天师啊，张天师会不会也是张家人？"胖子就道。

"说不准，都是牛逼人。"我道。其实我更在意的，让我能够得到很多信息的，是生平中大量的细节。

首先我确定了，张家一直是在中国北方活动的。这里所有的出生地、活动的地方，几乎全是在中国北方，靠近朝鲜一带，也就是长白山附近。

那个地方在中国古代其实不属于中原，更多的是属于少数民族的控制范围，张家显然是混居于外族之中的汉族大家族。能在那种地方生活，可见其势力有多么庞大。

其次，我基本能肯定，张家家族里有很多分支，比如说这个人所在的分支，叫作"棋盘张"。虽然这些家族都属于张家本家，但是因为人数太多，便和满族的八旗一样形成分支。张家有五个分支。

这个人应该是古楼建成之后才下葬的。此时我又想到了楼下的千手冢，意识到这些手也许不是我想的那样。会不会是因为在古楼的迁移过程中，上一幢古楼中的尸体太多，无法把棺木运到新的古楼中，所以某些不重要的人就以手代身，入葬其中了？

而且，从字里行间我可以看出，"棋盘张"这一支在张家是很有地位的一支，原因是"棋盘张"身怀麒麟。现在还看不出这隐喻了什么，不过，我隐约能猜到关键。

看完墓志铭，胖子就对我努了努眼睛，指了指边上的黑色大棺，意思是，要不要开了爽一把？

我看了看边上的棺材。黑木棺是用和古楼一样的木料做成的，上面上了三层黑漆，显得庄严肃穆。胖子用手抹掉上面的灰尘，由于时间过于久远，很多地方的黑漆都开裂了，露出了老旧的木色。

我的建筑系学生的毛病犯了——我意识到最下面流沙层的另一个作用了。

这里的地下水系十分丰富，山体内部非常潮湿，对于木结构的古楼有相当厉害的腐蚀作用。我们之前经过的流沙层，是防止水汽上涌的防潮层。我估计地下的流沙不止那么一层。我们的脚能踩到流沙底下的石板，而石板之下，说不定还有流沙。

我看着棺材，觉得必须打开。虽然不论经历过多少次，我对于开棺这件事情还是心生恐惧，但是事到如今，难道还能视而不见？

张家是北派传承，胖子说要以北派之礼待之，我心说，其实是以北派之礼盗之吧。

盗墓北派已经没落很长时间了。一方面，现在的盗墓贼越来越功利，设备也越来越先进，根本没有心思去遵守这些繁文缛节；另一方面，北派的规矩使得传承越来越少，不像南派没有门第之分，只要你跟我我就教你，一切为了最后的金钱利益。所以南派的技艺不仅没有断代，而且一直在延续发展之中。

我问胖子要如何做，胖子用衣服当扫帚，把房间里的灰尘聚拢了起来，弄得尘土弥漫。他一边咳嗽一边捧着一捧灰尘到了房间的东南角，插上几根香烟，刚想点，发现不对，就问我："天真，你的烟是什么牌子的？"

"黄鹤楼啊。"我道。

"来，来，换换。"胖子把我的烟要过去，"咱不能让小哥的祖宗抽我这八块钱一包的。咱们第一次到访，不能给小哥丢面子啊。"

说着胖子点上烟，对着墙角拜了拜："这个……咱们和你们家张起灵是朋友，咱这一次真不是来倒斗的，我们是……我们是……算是来串门的。看完各位长辈，那个……顺便给小张补补功课。您也知道，你们家小孩记忆力都不好。那个，小张不知道到哪儿去了，所以我们打算问个路，您要是知道，您就什么也别干，什么也别说，您要是不知道，您就保持原样就行了。此致敬礼，阿弥陀佛，秃驴你竟敢和贫道抢师太。"

我心说什么乱七八糟的，拍了他一下，把他揪了起来。两个人甩出铁刺，分开两边刺入棺材盖的缝隙之中，先撬起封棺铁钉，然后深吸一口气，小心翼翼地把沉重的棺盖推往一边。

棺盖落地的时候，整个楼板都在震动。我们捂住口鼻，扇走灰尘，就看到棺材之中，有一层棉絮一般的东西。我用铁刺拨弄了一下，发现那是一种奇怪的霉菌，就像是蜘蛛网上沾满了白色的碎棉。

胖子用铁刺拨开这层东西，就露出了里面的尸体。尸体已经完全腐化了，只剩一具白骨，四周有一些殉葬的东西，数量很少，都被裹在那种奇怪的"棉絮"中。胖子用铁刺挑起一件来，发现是一把小匕首。

匕首的壳已经完全烂得好像一块八宝桂花糕了，上面的宝石就像红色的樱桃和绿色的葡萄干。我把匕首抽了出来，就发现这是一把黑金短刀，比闷油瓶的那一把略短，造型不同。刀在手电的照射下发出黑光，显得无比锋利。

刀柄也腐朽得很厉害，我拿着刃口，把刀柄敲向棺材板，把上面的烂片敲掉，就没剩下多少东西了，刚想把它抛回棺内，胖子立即阻止道："你说你这人怎么这样，好不容易有点东西，还挑三拣四的。带着，带出去重新做一个柄，给小哥做生日礼物也行啊。"

"你知道他什么时候过生日？"我道。

胖子把黑金短刀接过去，包好放进背包里，说道："估计他连生日是什么都不知道。随便找个阳光明媚的日子，告诉他生日到了就行了，以他的性格，他也不会问什么是生日。"

也对，是一好招，我心说。不知道世界上有没有聋哑人的节日，他那么闷的一个人，应该在那个时候过生日才算应景。

我想到闷油瓶吹生日蜡烛的景象就感觉到一股寒意，好像看到鬼吹灯一样，随即不去多想。

胖子又捣鼓了几下，发现其他东西都烂成一坨一坨的了，骂了一声："张家也不富裕啊，这点见面礼，简直给小哥丢脸啊。"

"张家崇尚实力，不崇尚金钱。"我道，"从墓志铭就可以看出，张家人是利用自己倒斗家族的优势取得权力和保护的大家族。在中国的历史长河中，光有钱是没有用的。"

胖子把那三根烟都拿了回来，掐掉满是灰尘的烟屁股，把最后几口都嗑了。我问他干吗，他说丫都烂成这样了，想必也没有什么想法了，不能便宜这穷鬼。

我说："你怎么那么市侩？"胖子就嘿嘿笑。

嗑完烟，他就用铁刺去拨弄这些骨头。我们找到了尸体的左手，其中两根手指的骨头很长。我是第一次看到那种奇长手指的完整骨骼，骨骼的关节部位有很多伤痕，显然，要练成这样的手指，过程应该相当痛苦。同时我也发现了，这个人的很多大型关节，比如说肩、腕，都有非常奇怪的骨质增生。

胖子说，这应该是缩骨功的后遗症。缩骨功很多时候需要卸掉关节，多次缩骨一定会引起习惯性脱臼，要克服这种习惯性脱臼，就必须单独锻炼关节处的很多特殊的肌肉。这些肌肉非常难以训练，几年内也可能没有多少进展。有些肌肉也就是包公头上的月牙般大小，要活生生练成一香蕉，自然非常痛苦。

胖子说他以前也有机会练那功夫，他认识的一个高人说他的骨骼很适合缩骨，胖子去练了一天，把师父打了一顿，然后逃了回来。

在这具尸体的头骨上，我看到了两个弹孔，很不规则，应该是铁砂弹。子弹从一个地方穿了进去，但是没有穿出来，因此铁砂弹应该是近距离射进去的（如果远一点，就会是很多个只有芝麻大小的孔洞），铁砂留在脑子里了。这位前辈死的时候肯定相当痛苦。

即使张家人再厉害，遇到枪械还是一点办法都没有。

我们觉得再没有任何线索，就想盖上棺材板。上去抬的时候，我看到棺材板的内侧还刻着很多字。

我们翻过来，就发现那是一张简单的族谱，上下父母都有名字，子女各在其列。让我感到奇怪的是，这个人的父母都姓张，他有两个儿子，其中一个已经婚娶，而这个儿媳也姓张，两个女儿出嫁，夫家都是姓张。

"你觉得有什么蹊跷没？"我问胖子。

"你说这家伙是多少岁的时候死去的？"胖子道，"丫有四个小孩，真厉害。"

"中国古代的封建等级制度，主要目的就是繁衍人丁，扩大家族势力，他可能很早就开始生育了。"我道，"而且张家人寿命奇长，如果他们想生，生完一支足球队都还生龙活虎的。我说的蹊跷不是这个。"说着我把所有人的姓氏指给他看。

"会不会是改姓的？"

我摇头："几乎能肯定是族内通婚。张家是一个封闭性的家族，他们不和外界有婚姻往来。"

我们重新盖上棺盖，嵌入铁钉。我道："到下一个房间去，这些墓志铭相当重要，我要好好看看，一定可以获得更多的信息。"

第
五
十
一
章　●　继续探险

　　知道了这里没有那种有毒的粉尘，胖子嚣张了很多，来到隔壁他
就一脚踹门进去。

　　里面的情况几乎和隔壁一样，只是棺材的形状不同，是一具更
细长的棺材。棺材上有一些很难分辨的金色花漆，似乎葬的是一位
女性。

　　我没有理会，继续去看墓志铭，发现我的判断错误，这棺材里还
是男性。这个人叫张瑞山，也是"棋盘张"这一支的，我看了一遍生
平，发现他和我们在隔壁看到的那位基本一样，应该是死在同一次火
并中，所以入殓的地方相邻。

　　唯一的不同是，这个人的父母没有隔壁那个的那么有名，只是因
为"发陵一座""善于经营"而得到了相同的待遇。而在很多的细节
中我能看出，张瑞山这个人，和隔壁那位性格并不相同。隔壁的那位
性格中规中矩，而这个张瑞山似乎读过洋书，"通达道理，善为文

章"，应该是思想比较开明的一派，而且文笔不错。

胖子说，这一排的这些人，应该都是在同一次火并的时候死的。我要找新的线索，还是走远一点，也许能看到比较新鲜的东西。

我深以为然，于是两个人出去，一路顺着走廊往前走。我本来打算走半个楼再说，因为一般的火并要是使用火器，死几十个人是很正常的。但是走了十六七米的距离，我和胖子就立即停了下来。

因为我们忽然看到，在走廊的中段，有一间房间的门是打开的。

这显然不可能是我们打开的。我们用手电一照，就发现这一扇房门特别大，比旁边房间的要大上三倍，房间里面的装饰也完全不同。往里照去，里面有一口巨大的棺材也被打开了，而且没有像我们一样重新合上棺盖——棺材盖子翻在了地上。

"什么情况？"胖子看了看我，"小哥他们来过这里？"

我摇头："不过这棺材里的人肯定和其他人不一样。你看这墓室，简直是总统套房级别的。"

我们走了进去，我一照地面就发现不对。地面上没有脚印，而且被打开的门的门轴已经老旧，被踹开的裂缝也腐朽得相当厉害。棺材的外沿上全是灰尘，房间里摆着很多香炉，围绕在墓室边上，也满是灰尘。

这扇门被打开已经很长时间了，棺材也被开了相当长的时间。看灰尘的厚度，最起码有十几年的时间了。

"看样子，在我们之前有人来过这里，但不是小哥。"

"是最后一次送葬吗？"

"你送葬送完之后再顺手盗一墓？你祖宗非气疯了不可。"我道，"不可能是送葬，这是盗墓。"

"我靠，我们哥儿几个牛逼哄哄，随便找一个出去，也是威震全球盗墓界的翘楚，胖爷我更是号称倒斗界肥王子。咱们几个来到这个地方，都那么费劲，都多少人生死未卜，难道还有比我们更厉害的？"

"鬼影不是说了嘛，当时他们好多人已经进入了古楼之中，但死在了里面，这棺可能就是那批人开的。那也是三十年前的事情了。"

"他们不是来送葬的队伍吗？怎么还顺便偷东西？"

我道："那些人本来都是盗墓贼出身，有人素质不高，顺手牵羊的可能性就很高。而且当时的斗争太激烈了，那群人进到楼中，是否还有其他什么目的，鬼影也许不知道，或者不想说，但是在当时的形势下，都是有可能的。"

我顺手往棺材里面照——巨大的棺材里是一具骸骨，完全被灰尘所覆盖，情况和前面看到的差不多。我转头看墙上，看这个人的名字——这牛逼哄哄的家伙到底是谁？

看了一眼，我愣了一下，以为自己看错了，再走过去凑近看，我看到了三个熟悉的字——张起灵。

"这是小哥的棺材啊。"胖子就道，"原来小哥是一大粽子！"

"别扯淡。"我道，立即把手电举了起来，仔细去看后面的文字。

这一定有蹊跷，不可能是表面上看起来的那样。